패
왕
의

별

패왕의 별

1판 1쇄 찍음 2017년 4월 5일
1판 1쇄 펴냄 2017년 4월 12일

지은이 | 강호풍
펴낸이 | 정 필
펴낸곳 | 도서출판 **뿔미디어**

편집장 | 문정흠
기획 · 편집 | 한관희

출판등록 | 2002년 9월 11일 (제1081-1-132호)
주소 | 경기도 부천시 원미구 소향로 17번길(두성프라자) 303호 (우) 14544
전화 | 032)651-6513 / 팩스 032)651-6094
E-mail | bbulmedia@hanmail.net
비북스 | http://www.b-books.co.kr

값 8,000원

ISBN 979-11-315-7875-9 04810
ISBN 979-11-315-2568-5 04810 (세트)

목차

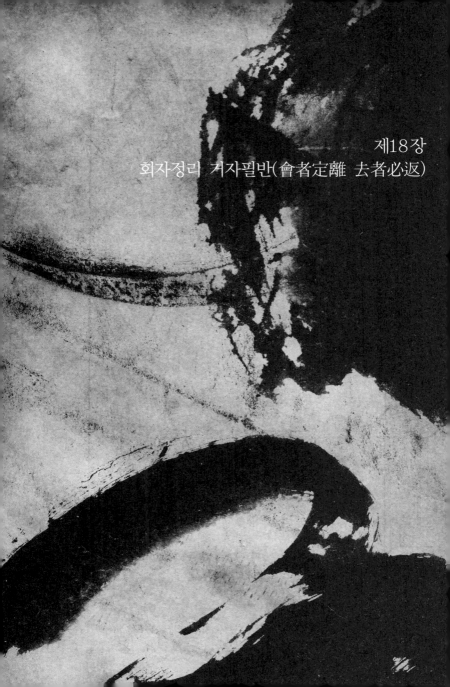

제18장
회자정리 거자필반(會者定離 去者必返)

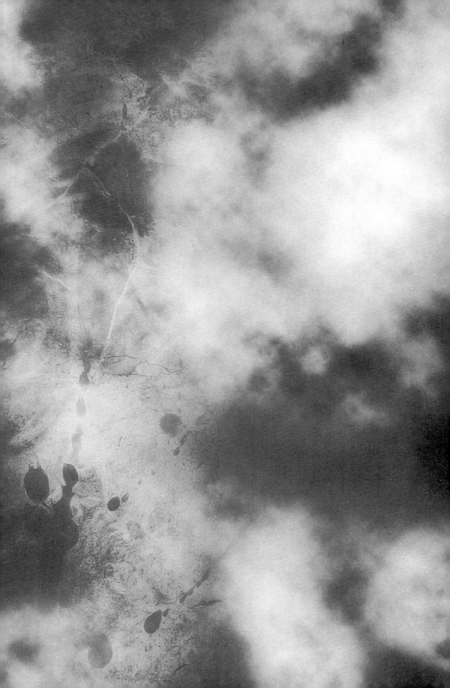

1

천류영은 자꾸만 쏟아지는 눈물을 소매로 훔친 후에 몇
차례 심호흡을 했다. 지금은 패자의 넋두리를 늘어놓을
때가 아니었다.

그는 마음을 추스르고 취존을 향해 낮지만 힘 있는 어
조로 말했다.

"낭왕은 나를 위해 목숨을 바쳐 싸웠소. 그러니 나에게
낭왕의 부상을 치료하고 작별할 시간을 허락해 주시오.
한 시진이면 되오."

취존의 이맛살이 일그러지는 것을 보며 천류영이 말을
이었다.

"당신의 조직이 얼마나 비정한 곳인지는 알 수 없으나, 최소한의 인간적인 면은 있을 거라 믿소. 또한 내가 모실 상관이 그 정도의 인정과 아량도 없다면 차라리 이 자리에서 죽는 것을 택하겠소."

취존은 어이없다는 낯빛으로 천류영을 직시했다.

세상이 천재라고 부르는 이 애송이는 작금의 상황에서 누가 갑(甲)이고, 누가 을(乙)인지도 모른단 말인가.

'을' 주제에 협박이라니?

취존의 기가 막힌다는 시선을 천류영은 똑바로 응시하며 거듭 말했다.

"그 정도의 아량도 없소? 아니면 당신 뒤에 더 높은 사람이 있어 권한이 없는 거요?"

취존은 자신도 모르게 헛웃음을 흘렸다.

이젠 도발에다 탐색까지.

건방짐이 하늘을 찌른다. 자신이 죽지 않을 거라는 확신이 있어서인가?

하긴 죽이기엔 너무 아까운 인재였다.

스스로 패왕의 별에 오른 뒤에 써먹을 구석이 많은 재목이었다. 만약 그저 그런 놈이었다면 자신이 직접 나서지도 않았을 테니까.

하지만 이런 건방은 용납할 수 없었다.

이 건방짐의 대가로 절망을 안겨 주리라. 더 큰 절망을 선사하기 위해서 잠깐 아량을 베푸는 유희는 언제나 즐거운 법.

"후후후, 뭐…… 그래. 다시 말하지만 괜찮은 인재를 얻는 일인데, 작은 아량은 베풀어줄 수 있지. 네가 다시 낭왕을 만날 일은 없을 테니까. 그리고…… 네가 나에게 뭔가를 요구하는 일도 마지막이 될 것이고."

'마지막'이란 단어를 강하게 언급한 취존은 묘한 눈빛으로 천류영과 낭왕을 번갈아 보다가 선언했다.

"반 시진 주지."

요구한 한 시진의 절반.

천류영은 입술을 깨물며 반박하지 않았다. 여기에서 더 다그치면 그 시간마저 잃게 될 공산이 컸기에.

"반 시진이라……. 알겠소. 대신 낭왕의 마혈을 풀어주시오."

취존은 들고 있던 칼을 바닥에 팽개치고는 격전 중 옆구리에 찬 호리병을 들며 물었다.

"낭왕이 자결이라도 한다면?"

그래도 상관없이 자신을 순순히 따라오겠냐는 물음이다. 천류영은 고개를 끄덕이며 답했다.

"낭왕은 강한 사람, 그럴 일은 없을 거요."

취존은 새로운 흥미가 일었다.

방금 전까지 눈물을 쏟아내며 세상을 다 잃은 것처럼

슬퍼 보이던 천류영의 눈빛과 표정.

그 눈빛과 표정이 어느새 다시 살아나 있었다.

이런 상황에서 저렇게 차분한 얼굴을 할 수 있다니. 처음 봤을 때부터 느꼈지만, 놈의 눈빛이 마음에 들었다. 동시에 아주 기분 나빴다.

"후후후, 천류영…… 네 녀석은 보면 볼수록 재미있는 놈이구나. 역시 길들이는 재미가 쏠쏠하겠어."

그는 담담하게 말하면서 손을 활짝 펼쳤다. 그러자 무형의 기운이 낭왕을 덮쳤다.

방야철은 마혈이 풀리는 것을 느끼고는 몸을 일으키려고 했다. 하지만 그전에 천류영이 만류했다.

"제발 가만히 계십시오. 부탁입니다."

"천 공자, 나는……"

"우리는 졌습니다. 인정해야 합니다. 그리고…… 저는 이곳에서 낭왕이 개죽음당하는 모습을 보고 싶지 않습니다."

"……"

"어쩌면 마지막 부탁이 될지도 모릅니다. 부디 움직이지 마십시오."

천류영은 말하며 주변을 훑었다. 치열했던 싸움이 남긴 잔해가 사방에 널려 있었다.

천류영은 그것들 중 부목으로 쓰일 만한 나무를 찾아서

낭왕의 부상당한 손목과 허벅지를 단단히 묶었다. 그러고는 품속에서 금창약을 꺼내 상처가 깊은 곳에 발랐다.

취존은 그 모습을 무료한 낯빛으로 지켜보며 술을 마시다가 술이 동난 것을 알고는 배에서 뛰어내리며 일갈했다.

"반 시진 중 일각이 지났다. 삼 각 후 널 데리러 오지."

그는 그 말을 남긴 채 바다를 휘적휘적 걸어 돌아갔다.

취존이 돌아갔지만 선장을 비롯해 살아남은 선원들은 아무도 움직이지 못했다. 마치 넋이라도 나간 것마냥 자리에 웅크리고 앉아 조용히 숨만 쉬었다.

천류영은 무애검을 찾아 들고는 낭왕에게 돌아와 말했다.

"방 대협, 살아야 합니다. 살아서 저를 구해주셔야 합니다."

낭왕의 눈에서 다시 눈물이 솟구쳤다.

이렇게 힘이 없음에 절절하게 아파한 적이 언제였던가.

"천 공자, 나는……."

말을 이을 수가 없었다.

취존이라는 자가 정말로 자신을 살려줄까?

결코 그럴 리가 없었다.

천류영을 데리고 간 뒤, 자신을 죽일 것이다. 왜냐하면 십천백지의 취존이 천류영을 납치했다는 사실이 세상에 알려지면 안 될 테니까.

천류영도 낭왕의 표정을 읽고 고개를 끄덕이고는 속삭였다.

"예. 취존은 저를 데려간 뒤에 분명 이 배를 부술 겁니다. 십중팔구 화포로 부숴 해적이 저지른 짓으로 꾸미겠지요. 그래야 황궁과 군부의 의심을 피할 수 있을 테니까요."

이 망망대해에서 배가 난파된다면, 살아남는 건 불가능하다. 부상이 심한 상태이니 더욱 그렇다.

천류영은 낭왕의 침통한 얼굴을 보면서 말을 이었다.

"그래도 살아주셔야 합니다. 우리 동료들에게, 그리고 설이에게 알려주셔야지요. 제가 살아 있다고. 설이는……제가 죽었다는 소식을 들으면 정말 따라 죽을지도 모릅니다."

천류영은 정말로 독고설이 자신의 부고를 듣고 따라 죽을 거라고는 생각하지 않았다.

그녀는 강하고 현명한 여인이다. 그렇기에 자신이 부탁한 일을 굳건히 처리해 나갈 것이라 믿었다.

흐려지던 낭왕의 눈이 다시 빛나기 시작했다. 천류영이 독고설을 당부하니, 이대로 죽을 수 없다는 생각이 든 것이다.

하지만 그것도 잠시.

낭왕은 입술을 깨물며 한숨을 삼켰다.

부상이 심하지만 않다면 어떻게든 다른 배가 지나갈 때까지 버텨볼 수도 있을 것이다. 그러나 지금 자신의 상태로는 차가운 바닷물 속에서 채 일각을 버티는 것조차 어려웠다.

천류영이 무애검을 앞으로 내밀며 말했다.

"검을 잡아주십시오."

평소의 낭왕이라면 요검이라며 꺼려했을 것이다. 그러나 그는 천류영의 요구대로 움직였다.

그가 천류영의 손과 함께 무애검을 잡자 검령의 말, 아니, 욕설이 뇌리로 흘러 들어왔다.

[천류영, 이 개자식! 정말 나를 버리겠다는 것이냐? 나는 너를 동료로 인정했는데! 이 멍청한 놈아, 몇 년만 나와 함께한다면 너는 엄청난 고수가 될 수 있다고!]

낭왕은 흠칫 놀랐지만 손을 떼지는 않았다.

천류영이 말했다.

"아무리 그래도 나는 취존을 이길 수 없잖아. 평생 가더라도. 안 그래? 그는 무신지경의 고수야."

[…….]

"네 힘으로 낭왕을 바다에서 지켜줘. 그리고 그를 살린 다음에 나에게 한 것처럼 내공을 높여줘."

[후우우, 만신창이가 된 낭왕을 바다에서 보호한다는 건 네 예상보다 훨씬 큰 힘이 필요하다. 성공할 가능성도

거의 없어. 또한 어찌어찌 살아나더라도 내가 낭왕의 내
공까지 높여준다면…… 결국 나는 모든 힘을 소진하고 말
거다.]

"바닷속에 수장되는 것보다는 낫잖아."

[제길, 말이 씨가 된다더니. 네놈이 평소에 그딴 말을
지껄이니까 결국 이런 사달이 난 거지!]

천류영이 쓰게 웃고는 계속 속삭였다.

"나는 네 투박하고 단단한 검신이 좋아. 그것뿐이야.
네 힘 때문에 너를 이용하는 게 아니야."

[…….]

"세상이 널 꺼림칙한 요검이라고 말해도, 너는 내 애검
이고 동료다. 내 부탁을 들어줘. 그리고…… 나중에 다시
만나자."

[…….]

천류영은 시선을 무애검에서 낭왕에게 옮겼다.

"방 대협, 이 검의 힘을 받아들여 주십시오."

낭왕의 성정상 결코 용납 못할 일이었다. 요검 따위에
생명을 저당 잡히다니! 그러나 지금의 낭왕은 악마에게라
도 혼백을 팔 수 있었다.

낭왕이 고개를 끄덕이자 천류영이 맑게, 소리 없이 웃
다가 말했다.

"사십시오. 살아주십시오."

"살아남는다면, 반드시 자네를 구하러 가겠네. 반드시."

"예. 회자정리 거자필반이라고 했습니다. 지금은 헤어지지만, 머지않은 날 우리는 다시 만나게 될 겁니다. 설이에게도 꼭 그렇게 전해 주십시오."

낭왕이 입술을 질끈 깨물었다.

"자네야말로 버텨주게. 저들에게 협조하더라도 살아만 있어주게. 설이를 생각해서라도. 그리고 자네라면 분명이 위기를 기회로 바꿀 수 있을 거네."

순간, 천류영은 자신도 모르게 목이 메는 것을 느꼈다. 위기를 기회로 만들라는 낭왕의 조언.

그 짧은 말은 많은 것을 함축하고 있었다.

자신이라면 취존의 휘하로 들어가더라도 책사로서의 자질을 발휘해 출세할 수 있을 거라는 뜻이었다. 그러니 그 출세가 설사 동료였던 이들에게 비수를 꽂는 일이 되더라도 망설이지 말라는 의미였다.

그렇게 해서라도 살아만 있어준다면 반드시 구출하고 말겠다는 낭왕 스스로의 다짐이었다.

"방 대협, 저는……."

낭왕은 고개를 저으며 천류영의 말을 끊었다.

"천 공자, 취존은 자네를 길들이겠다고 했어. 그 말인즉, 자네가 협조하지 않으면 모진 고문도 서슴지 않을 거야. 그러니까 적당히 협조하면서⋯⋯."

천류영도 낭왕의 말을 끊었다.

"지금은 방 대협의 몸만 챙기십시오. 방 대협, 사셔야
합니다. 어떻게든 살아서 돌아가야 합니다."

순간, 낭왕은 깨달았다.

천류영은 모진 고문을 버티며 자신을 기다릴 것임을.
당장 이곳에서 살아날 확률도 거의 없는 자신을 말이다.

"이 사람아, 제일 중요한 건 자네야. 자네가 살아야 다
시 희망을 꿈꿀 수 있어."

천류영이 말없이 미소만 머금었다.

취존은 바보가 아니다. 천하상회의 실력자와 더불어 세
상을 훔치는 거대한 흉계를 꾸민 주역이다. 그런 인물이
니만큼 자신을 복종하게 만들기 위해서 가장 먼저 동료를
제거하라고 요구할 것이다.

그들에게 지금 사천성과 절강성의 무인들은 원래 계획
에 없던, 귀찮은 존재들이니까.

직접 나서서 처리하기엔 세상의 이목이 껄끄러우니, 조
용히 처리할 계책을 내놓으라고 명할 것이다.

그러나 어떻게 그럴 수 있겠는가. 하지만 천류영의 입
에서 나오는 말은 달랐다.

"예. 최선을 다해 취존을 구워삶아 보겠습니다. 어떻게
든 버티면서 대처할 테니, 꼭 살아서 저를 구하러 와주십

시오."

*　　　　*　　　　*

콰아아아앙!

몇 차례의 포격에 배가 송두리째 박살났다. 천류영은 이미 짐작하고 있었지만, 격분한 척 외쳤다.

"어떻게? 약조하지 않았소? 이렇게 신의를 저버리는 주군을 어찌 나보고……."

천류영은 말을 잇지 못했다. 취존이 손가락으로 아혈을 짚어 말을 할 수 없게 만든 것이다.

"쉿! 조용. 수다쟁이는 내가 아는 한 노괴만으로도 충분해. 천류영, 너는 앞으로 내가 허락할 때에만 말을 할 수 있다."

취존은 술을 마시며 방금 전까지 천류영이 타고 있던 배가 활활 불타며 가라앉는 광경을 보았다.

천류영은 어떻게든 말을 하려고 했지만, 도통 입과 턱을 움직일 수가 없었다.

결국, 배가 바닷속으로 자취를 감추고 나서야 취존이 입을 열었다.

"후후후, 어때? 절망을 맛본 기분이?"

"……."

"나는 수천수만의 칼 따위는 두렵지 않다. 하지만 진짜 배기 책사의 세 치 혀는 아주 무섭다는 것을 잘 알고 있지. 네가 이 순간의 위기를 벗어나고자 거짓 투항했다는 것을 내가 모를 거라 생각하나? 낭왕이라는 희망의 끈을 놓지 않으려 했던 것도 짐작하고 있었다."

"……."

"후후후, 그리고 너는 앞으로도 내 환심을 사는 척하면서 호시탐탐 도망갈 기회를 노리겠지. 하지만 아쉽게도 너에게 그런 기회는 주어지지 않을 것이야."

"……."

"나는 이미 너에게 말했다, 너를 길들이겠다고. 짐승이나 사람이나 길들이는 방법은 똑같아. 공포와 절망."

취존은 다시 호리병을 들어 술을 마시고는 비릿하게 웃으며 천류영을 직시했다.

"너에게 절대적 공포와 완전한 절망을 보여주마. 그렇게 네 본능의 밑바닥까지 부순다면, 네가 어떻게 변해있을까? 후후후, 벌써 기대되는군. 기꺼이 내 발이라도 핥을 충복이 되어 있을 네 모습이."

취존이 손을 흔들었다. 순간, 천류영은 아혈이 풀리는 것을 느끼고 말했다.

"그렇게 해서 나를 얻는다면 빈껍데기에 불과할 거요. 사람은……."

콰직!

호리병이 천류영의 정수리와 충돌하면서 박살났다.

퍼억!

천류영은 자신의 배에 박히는 취존의 발에 새우처럼 허리를 숙였다가 털썩 주저앉았다. 창자가 찢어지는 듯한 고통에 숨을 쉴 수가 없었다. 그가 몸을 부르르 떨며 붕어처럼 입을 벌리자 취존이 낮게 소리 내어 웃다가 말했다.

"이미 경고했는데. 말을 하고 싶으면 우선 허락을 구하라고."

천류영은 시뻘겋게 변한 얼굴로 신음을 흘렸다.

"끄으으윽."

"이제부터 너는 개다. 짖어봐라."

"나는……."

퍼억!

천류영이 뒤로 나동그라졌다. 취존은 고개를 저으며 차갑게 말했다.

"짐승이 사람처럼 말을 해서야 되나? 천류영, 너는 완전한 내 충복이 되기 전까진 개다. 잊지 마라."

천류영은 비명 같은 신음을 '끅끅' 흘려내다가 일갈했다.

"힘에만 의존하는 당신이야말로 짐승이 아닌가! 사람이라면 생각하고……."

퍼억!

"끄으윽!"

"말하고 싶으면 허락을 받으라고 했다! 그것이 싫으면 개처럼 짖든지! 그것만이 네가 이 구타에서 벗어날 수 있는 유일한 방법이다."

퍼억, 퍽! 퍽! 퍽! 퍽! 퍽.

취존이 사납게 천류영을 밟으며 소리 질렀다.

"사람이라고 다 사람인 줄 아느냐? 강자만이 사람의 존엄을 인정받을 수 있는 것이 세상의 이치다. 천류영! 느껴라. 약자는 짐승이고, 노예일 뿐임을! 살고 싶다면 현실을 직시해라! 그리고 복종해라."

무차별한 발길질은 결국 천류영이 입술을 깨문 채 버티다가 정신을 잃고 나서야 끝났다. 어찌나 입술을 강하게 깨물었는지 천류영의 입가로 핏물이 흥건했다.

취존은 실신한 천류영을 보다가 잔인하게 웃었다.

"후후후, 역시 길들이는 재미가 있단 말이지. 그래, 쉽게 굴복해서야 어찌 완전한 공포와 절망을 느낄 수 있겠는가. 네놈이 버틸수록 무료하던 내 삶이 더 즐거워질 것이다."

미소 짓는 취존의 표정이 서서히 차가워졌다.

이 정도의 반항은 이미 예상한 바였다. 그런데 마음에 들지 않는 점이 하나 있었다.

구타를 당해 기절하기 직전까지도 자신을 바라보던 그 눈빛. 마치 심해를 응시하듯 깊고, 한 치의 흔들림조차 없었다. 어처구니없게도 놈의 눈에서 조금의 두려움도 찾아볼 수 없었다.

사실 놈을 기절할 때까지 팰 생각은 없었다. 원래 시간을 두고 천천히 절망의 늪에 빠트릴 계획이었다.

세뇌와 복종은 그렇게 여유를 가지고 진행해야 성공 확률이 높은 법이니까.

그런데 놈의 차분한 눈빛이 자신을 분노하게 만들었다. 일순간 가학적인 흥분이 이성을 잃게 만들었다.

딱히 말로 설명하긴 어렵지만, 불길한 예감이 뇌리를 스쳤다. 어쩌면 이 인간…… 끝까지 폭력에 굴복하지 않을지도 모른다는.

그렇다면 결국 죽일 수밖에 없다.

"죽이는 건 너무 싱겁고, 길들이는 게 재밌는데 말이야. 재미있기는 한데…… 왠지 짜증이 나는군."

원하는 것을 가져보지 못한 적이 없었다. 그런데 이놈을 갖지 못한다면?

취존이 입술을 질끈 깨물었다. 아주 오랜만에 승부사 기질이 흉중에서 고개를 내밀었다.

그의 곁으로 이천의 일지가 다가왔다.

"취존, 생존자들을 정리합니까?"

난파하는 배에서 뛰어내려 바다에서 허우적거리고 있는 자들을 말함이다.

가만히 둬도 죽을 터, 귀찮게 사냥하느니 그냥 돌아갈 생각이었다. 하지만 생각이 바뀌었다. 천류영의 꺾이지 않는 눈빛이 그를 가학적으로 만들었다.

"마무리는 깔끔하게 하는 게 좋겠지. 그리고…… 낭왕의 수급을 가져와라."

그들은 결국 낭왕을 찾지 못했다. 그러나 취존은 대수롭지 않게 여겼다. 불타는 배와 함께 수장된 것일 테니까.

2

화창한 날씨의 연무장.

"호호호, 좋아. 졌어."

독고설은 환하게 웃으며 풍운에게 패배를 선선히 시인했다.

솔직히 독고설이 풍운과 비무를 해서 이긴 적은 한 번도 없었다. 하지만 그때마다 매번 이를 악물고 '한 번만 더!'를 외치던 그녀였다.

물론 독고설이 절대고수의 영역에 발을 들여놓은 풍운의 상대가 될 리는 만무했다. 하지만 내공을 배제한 초식의 승부는 나름 흥미진진했다.

어쨌든 그렇게 지기를 죽기보다 더 싫어하던 그녀가 요즘 들어 순해졌다. 늘 미소를 입에 달고 살았다.

방금 전, 수련을 끝내고 휴식을 취하던 조전후가 혀를 차다가 입을 열었다.

"아가씨, 밝은 모습이 보기 좋기는 한데, 이건 아니지 싶습니다. 너무 악바리 같을 때보다야 훨씬 낫지만."

조전후 옆에 앉아 있던 화가연이 맞장구쳤다.

"맞아요. 요즘 너무 설렁설렁하는 것 아니에요? 매번 우리더러 더 독하게 수련하라고 다그치더니."

화가연과 바짝 붙어 있던 장득무가 낄낄거리며 말을 받았다.

"좋을 만도 하잖아. 서방님이 군부의 영웅이 되어 귀환하고 있다니. 그것도 자그마치 군신이라는 칭호까지 받았으니 말이지. 하하하."

화가연이 입술을 쭉 내밀었다.

"나도 천 분타주께서 돌아오는 것이 기쁘지만…… 그래도 지금 강호가 위태위태한데 저렇게 웃음을 달고 사는 것은 아니라고 생각해요."

"홋, 너도 분타주님의 승전보를 들은 뒤로는 계속 웃고 있거든?"

정곡을 찔린 화가연이 찔끔하다가 정색했다.

"그래도 설이 언니처럼 노골적으로는 안 해요. 마교와

사육주가 다시 본격적으로 움직이기 시작했는데, 저렇게 환하게 웃는 건 못할 짓이죠!"

여전히 티격태격하는 장득무와 화가연.

하지만 그들의 낯빛도 모두 밝았다. 그들뿐만이 아니라 이 분타에 있는 사람들 모두 입에 미소를 걸고 지냈다.

기실 절강성 분타에 있는 무인들은 겨우내 마음고생이 심했다. 천류영의 생사가 불분명한데다가 총타의 따돌림이 심화되고 있었기 때문이다.

강호무림의 운명을 결정지을 대격돌이 다가오는데도 총타는 사천성과 절강성의 무림인들을 철저히 배제시켰다. 마치 더 이상은 전공을 허락하지 않겠다는 듯이.

동시에 대외적으로는 천류영이 사파의 무상과 비밀 협상을 체결한 의혹이 있으니 합류시킬 수 없다며 흑색선전을 펼쳤다.

이건 위험을 피하는 행운이 아니라 가혹한 따돌림이었다.

정파가 승리한다면 그들은 기세를 타고 천류영의 세력을 더욱 핍박할 것이다. 반대로 패배한다면 그 책임을 떠넘길 공작을 펼 것이 자명했다.

그래서인지 무림서생의 명성을 듣고 찾아온 무림인들이 조금씩 이탈하고 있었다.

모용린은 화해를 위해 분주히 교섭을 시도했지만, 십천

백지가 장악한 총타는 대화 자체를 받아들이지 않았다.

이런 암담한 상황에서 북방에서 날아온 천류영의 승전 보는 우울해하던 절강 분타의 분위기를 단숨에 바꿔놓았다.

그가 돌아온다면 묘책을 내놓을 것이라는 희망이 팽배해졌다. 또한 이러한 희망에는 황궁과 군부에서 전폭적인 지지를 얻은 천류영을 무림맹 총타도 무시하지 못할 것이라는 계산이 깔려 있었다.

뭐랄까……

세상 돌아가는 상황이 질식할 것처럼 답답한 때에 천류영이 숨통을 트여준 것이나 다름없었다.

그러니 절강 분타의 무인들은 모두 미소를 달고 살 수밖에 없었다.

풍운도 독고설 놀리기에 합류했다.

"누님, 칼이 너무 무뎌졌어요. 그런 마음가짐으로 전장에 나가면 큰일 난다고요."

독고설이 웃으며 손사래를 쳤다.

"호호호, 알고 있으니까 걱정하지 마. 실전에서의 내 칼은 범처럼 매서울 테니까."

"어휴, 말이나 못하면 밉지나 않죠."

"호호호, 오전 수련은 여기까지만 하자. 나는 빙봉 언니한테 좀 다녀올게."

"에이, 또 형님 소식 들어온 거 없나 확인하러 가는 거죠? 내일이면 돌아올 텐데, 뭘 그렇게 빙봉 누님을 귀찮게 해요?"

그랬다.

천류영이 탄 군선의 항주 입항 예정일이 바로 내일이었다.

화가연이 풍운을 거들었다.

"지금 빙봉 언니는 바쁠 거예요. 조금 전에 좌포정사 어르신이 오셨다고 들었거든요."

좌포정사는 절강성 관부(官府)의 최고 책임자다.

화가연의 말에 독고설의 눈이 번뜩 커지며 웃음을 담뿍 담았다.

천류영의 승전보를 가져온 사람이 바로 그 어르신이었으니까.

"정말? 호호호, 또 고맙다고 오셨나 보네. 승리야 천 오라버니가 만들어낸 거지, 우리는 아무것도 한 것이 없는데 말이야. 호호호."

풍운이 결국 졌다는 듯이 양손을 들며 투덜댔다.

"어휴, 애인 없는 사람 서러워서 살겠나."

그 말이 떨어지기 무섭게 조전후가 인상을 쓰며 윽박질렀다.

"인마! 너는 수화가 있잖아. 너까지 염장을 지르는

거냐?"

수화 황보연.

그녀는 풍운에게 구함을 받은 뒤, 줄곧 이곳에 머무르고 있었다.

납치되어 있는 동안 지독한 폭력에 시달린 후유증 때문일까, 아니면 가문인 황보세가에서 풍운과 함께 있다는 말을 듣고는 굳이 바로 돌아오지 말고 그곳에서 충분히 요양하라는 말 때문에 섭섭해서일까?

그녀는 지독한 우울증을 앓고 있었다. 그런 황보연이 유일하게 웃음을 보이는 것은 풍운과 함께 있을 때뿐이었다.

풍운은 죽엽청과 기연을 얻게 해준 빚이 있어서 차마 떨쳐 내지 못하고 있는 중이었다.

조전후의 갈굼에 풍운이 미간을 찌푸렸다.

"에이, 황보 소저와 저는 그런 사이 아니라니까요! 제가 몇 번이나 말해요. 그 소저는 제 취향이 아니라고."

"빌어먹을! 그 말이 더 열 받게 한다고! 세상에 수화 같은 미녀를 그렇게 말할 수 있는 사내라니! 정말 재수 없잖아!"

연무장에 있는 사람들이 거의 동시에 풍운을 쏘아보며 고개를 주억거렸다.

독고설은 풍운과 조전후가 옥신각신하든 말든 기분 좋

은 표정으로 걸음을 옮겼다.

그녀는 세상이 아름답다는 말을 제대로 실감하고 있었다. 벽을 타고 기어 다니는 도마뱀마저 귀엽고, 밤에 극성을 부리는 모기조차 사랑스러웠다.

"내일이면 오셔. 하룻밤만 자면 돼."

그녀는 마치 어린아이가 오랜 여행을 끝내고 돌아오는 부모를 기다리는 듯한 심정으로 가슴이 설레었다. 시간이 왜 이렇게 더디게 흐르는 건지 답답했지만, 그마저도 기쁜 마음으로 감수할 수 있었다.

그 사람이 돌아오니까.

그냥 몸만 성히 돌아와도 기쁠 텐데, 군부의 영웅이 되어 돌아온다니 행복해 미칠 것만 같았다.

그녀가 채 열 걸음도 옮기기 전에 모용린이 연무장에 들어섰다.

그녀를 본 독고설이 반색하며 손을 번쩍 들고 불렀다.

"언니! 그러지 않아도 언니한테 가려던 참인데……."

순간, 독고설이 살짝 눈살을 찌푸리며 말꼬리를 흐렸다. 모용린의 안색이 너무 창백했기 때문이다. 안색뿐만 아니라 손까지 떨고 있었다.

그리고 그녀와 함께 등장한 서언 주작단주와 팽우종의 얼굴도 흙빛이었다.

화가연이 놀라 물었다.

"무슨 변고라도 생긴 건가요?"

연무장에서 수련을 하거나 휴식을 취하던 무인들의 시선이 일제히 모용린에게 쏠렸다.

모용린은 입술을 부르르 떨다가 눈물을 흘렸다. 그에 사람들이 놀라 숨을 죽였다.

차갑기로 유명한 빙봉이 눈물을 흘리다니!

거기에 서언과 팽우종의 표정까지 심상치 않으니, 본능적으로 불안감이 들었다.

모용린은 자신을 살피는 독고설을 처연한 얼굴로 보다가 힘겹게 입을 열었다.

"설아, 어떻게 하니?"

순간, 독고설은 자신도 모르게 침을 꼴깍 삼켰다. 그녀의 눈동자가 흔들리며 양 뺨이 미세한 경련을 일으켰다.

"왜 그래, 언니? 갑자기 울고……."

모용린은 입을 연신 여짓거릴 뿐, 좀체 말을 꺼내지 못했다. 독고설이 답답하다는 표정으로 다가가며 물었다.

"왜 우는 거야?"

모용린은 양손으로 자신의 얼굴을 감싸더니, 어깨까지 들썩거리며 흐느꼈다. 결국 독고설은 서언과 팽우종을 번갈아 보며 물었다.

"빙봉 언니가 왜 이러는 거죠?"

질문을 던지는 독고설은 자신도 모르게 떨고 있다는 것

을 느끼고는 한차례 심호흡을 했다.

서언은 붉게 충혈된 눈으로 독고설을 마주 보다가 고개를 떨어뜨렸다. 팽우종이 입술을 악물고 있다가 말했다.

"독고 소저, 부디 마음을 단단히 하셔야 합니다."

독고설은 아름답던 세상이 갑자기 어두컴컴해지는 느낌을 받았다. 그녀의 호흡이 거칠어졌다.

"무슨 일이냐고 묻잖아요?"

팽우종은 차마 독고설을 마주 보지 못하며 눈을 감고 말했다.

"천 공자가…… 천 공자가 탄 배가 해적의 포격을 받고……."

모용린이 옆에서 크게 울음을 터트렸고, 순간 연무장이 얼어붙었다.

그 넓은 연무장에 모용린의 오열 소리만이 울렸다.

깊은 침묵 위로 흐르는 오열과 나직한 신음들.

풍운이 하얗게 질린 얼굴로 버럭 외쳤다.

"말도 안 돼요! 우리 형님이 고작 해적 따위에게 당할 리가 없잖아요!"

조전후도 고함질렀다.

"장난이라면 과해! 어디서 그런 말도 안 되는…… 빙봉! 생각해 보시오. 천 공자 옆에는 낭왕이 있잖소. 낭왕이 있는데……."

조전후는 고함을 멈추고 비틀거리다가 중얼거렸다.

"그렇구나. 바다, 바다에서 포격을 당했다면, 아무리 낭왕이라도……."

그의 중얼거림이 연무장의 사람들에게 천둥처럼 들렸다.

다시 깊은 침묵이 찾아왔다. 모용린은 이를 악물고 울음을 삼켰다. 그러고는 독고설에게 다가가 그녀를 안으려고 했다.

하지만 독고설은 뒷걸음질 치며 손을 흔들었다.

"오지 마."

소름 끼치도록 차가운 음성.

"설아."

"시신을 봤어? 그분 시신을 봤냐고?"

"……."

"아무리 언니라도 함부로 말하면 죽여 버릴 거야. 알았어? 그런 말을 하려면 그분 시신부터 찾아와."

"설아……."

"아니, 내가 가서 찾을 거야. 내가 가서…… 아니지, 아냐. 호호호, 찾긴 뭘 찾아? 죽었을 리가 없는데, 무슨 시신을 찾는다고."

독고설은 자신이 말하고도 웃긴지 키득거렸다. 그녀는 모용린과 서언, 그리고 팽우종을 차갑게 쏘아보고는 발걸음을 뗐다.

"말도 안 되는 소식을 가지고 온 사람이 좌포정사 어르신이지? 내가 직접 가서……."

그녀의 신형이 비틀거리더니 다리에 힘이 풀려 털썩 주저앉았다. 그러고는 입을 크게 벌리더니 마치 학질에 걸린 것처럼 떨었다.

숨을 쉴 수가 없었다. 갑자기 눈물이 폭포수처럼 쏟아졌다.

주변의 사람들이 그녀에게 몰려오며 뭐라고 외쳐 댔다. 그러나 독고설은 갑자기 귀가 먹기라도 한 것처럼 아무것도 들리지 않았다. 오로지 심한 이명만 귀를 울려 댔다.

모용린과 화가연이 급하게 독고설의 사지를 주물렀다. 조전후가, 그리고 풍운과 서언이 뭐라고 외쳐 댔다.

그러나 독고설은 몸을 떨면서 하늘만 보았다.

숨이 쉬어지지 않으면 어떤가.

차라리 이대로 그분 곁에 갈 수 있다면 그것도 나쁘지 않겠다는 생각이 들었다.

눈이 시리게 푸른 하늘.

그 찬란한 하늘이 눈물에 잠겨 바다가 되었다.

'보고 싶어요, 천 공자. 보고 싶다고요. 당신이 오지 않으면 내가 가겠어요.'

눈물에 잠긴 하늘에 그 사람의 얼굴이 보였다.

그가 웃었다.

그리고 언제 들어도 달콤한 목소리로 말했다.

— 설아, 내가 잘못되면 네가 나서야 해. 내가 준비한 것들 늘 숙지하고 있지? 그리고 설사 예상 못한 상황이 생기더라도 당황하지 마. 크게 심호흡하고 생각해. 생각하고 또 생각해. 그리고 동료를 믿어. 그럼 모든 것이 다 잘 풀릴 거야. 설사 일이 꼬이더라도 포기하지 말고. 잊지마, 너는 천하의 검봉이라는 것을!

독고설은 억장이 무너졌다.

나쁜 사람.

이 상황에서도 저런 말이나 내뱉고.

약속했잖아.

살아서 돌아오겠다고.

풍운이 그녀의 목에 손가락을 대고 기운을 주입했다. 경직된 기도가 풀리며 공기가 들어갔다.

"어어어엉!"

독고설의 피맺힌 통곡이 터졌다.

한숨을 돌린 연무장의 사람들도 멍하니 독고설을 보다가 이내 눈물을 훔쳤다.

어두운 새벽.

일남일녀가 항주, 환락로의 뒷골목으로 들어갔다.

그들은 미로처럼 생긴 골목을 몇 번이고 꺾더니, 이층 건물 앞에 섰다.

입구에 있던 흑의사내가 일남일녀, 즉 독고설과 풍운의 얼굴을 확인하고는 문을 열며 말했다.

"늦으셨군요. 어서 들어가십시오. 문주께서 기다리고 계십니다."

독고설은 건물 안으로 들어가 지하로 내려갔다. 그리고 복도의 끝에 있는 내실로 들어갔다.

기다란 탁자의 끝에 앉아 있던 하오문주 수란이 들어오는 독고설과 풍운을 보며 들고 있던 술잔을 올렸다.

"어서 와요. 어쩌다 보니 먼저 한잔하고 있었어요."

독고설과 풍운은 코를 찌르는 주향에 미간을 찌푸렸다가 계속 걸어가 맞은편에 앉았다.

수란의 옆에 서 있는 하일이 가벼운 고갯짓으로 인사를 한 다음에 입을 열었다.

"문주님, 취하셨습니다."

"호호호, 오늘 같은 날 취하지 않으면 언제 취하겠어? 패왕의 별을 꿈꾸던 영웅이 죽었는데, 하루 정도는 그를 위해 애도해 줘야지."

긴 탁자 위에는 안주도 없이 술병만 즐비했다. 수란은

앞에 앉은 독고설을 빤히 보다가 혀를 내둘렀다.

"이건 정말 의외네요. 멀쩡하군요? 사랑하는 사이 아니었나?"

독고설은 앞에 있는 술병을 쥐고는 벌컥벌컥 마셨다. 그러더니 쾅! 소리 나게 술병을 내려놓고는 말했다.

"정보가 필요해요. 얼마가 들어도 상관없으니까……."

독고설의 말에 수란이 얼굴을 찌푸렸다. 수란은 손사래를 치며 독고설의 말을 끊었다.

"무슨 말인지 듣지 않아도 알아요. 흠, 그러니까 당신이 굳이 그러지 않아도 황궁과 군부에서 주변 해역을 샅샅이 뒤지고 있다네요. 동시에 그 근방에서 활동하는 해적 소탕전도 곧 벌일 거라는 정보도 있고. 무슨 말인지 알겠어요? 우리가 나설 필요도 없고, 그럴 수도 없어요. 자칫 괜한 덤터기를 쓸 수도 있으니까."

독고설은 차분한 신색으로 수란을 뚫어지게 보다가 물었다.

"샅샅이 뒤지고 있다? 그 말인즉, 아직 우리 분타주님의 시신을 찾지 못했다는 뜻이죠?"

수란이 피식 웃더니 들고 있던 잔을 내려놓았다. 그러고는 팔짱을 끼고 반문했다.

"망망대해에서 시신 찾는 게 얼마나 어려운지 모르는군요. 함께 승선했던 군사들 시신의 이 할도 아직 찾지 못했다고……."

풍운이 끼어들었다.

"낭왕은요?"

"응?"

"낭왕, 방야철 대협의 시신은요?"

수란의 눈이 가늘어졌다. 독고설이 풍운의 질문을 받아 이었다.

"없죠?"

수란은 입술을 잘근잘근 깨물다가 피식 웃고는 고개를 흔들었다.

"그러니까 당신들의 말은…… 무림서생뿐만 아니라 낭왕의 시신도 발견되지 않았으니, 어쩌면 둘 다 살아 있을지도 모른다는 얘긴가요? 그럴 확률이 얼마나 희박한지는 알고나 말하는 거예요?"

풍운이 답했다.

"천류영 형님도 그렇지만, 낭왕도 쉽게 죽을 사람이 아니에요. 그러니 둘 모두의 시신을 아직 찾지 못했다면 일말의 가능성이 있다고 생각해요. 어쩌면 해적에게 잡혀갔을 수도 있죠."

수란은 혀를 찼다.

"해적에게 인질이 될 가능성? 호호호, 나보다 낭왕에 대해 더 잘 알 텐데. 만약 해적들이 배를 붙이고 접근전을 벌였다면 낭왕이 그들을 몰살시켰을 거예요."

독고설은 술병을 흘낏 봤다가 참았다. 지금은 취할 때가 아니었다.

"이상하잖아요, 해적이 군선을 포격한다는 것 자체가."

"뭐, 특이한 일이긴 하지만 아주 가끔 그런 일이 생기기도 해요. 그러니까 천 분타주는…… 지독하게 운이 없던 거죠."

독고설은 수란을 뚫어지게 보다가 한숨을 흘렸다.

"제 청부를 거절하겠다는 뜻인가요?"

수란의 눈가가 찰나 잘게 떨렸다. 그러나 입에서 흘러나오는 말투는 담담했다.

"거절이 아니라 그럴 필요가 없다고 말하는 거잖아요."

독고설이 품속에서 커다란 금자를 꺼내 탁자에 올려놓고 말했다.

"그럼, 다른 청부를 하죠."

"……?"

"사고가 난 해역에서 가장 가까운 육지. 그곳에서부터 오백 리 안에 존재하는 문파들의 동향을 조사해 줘요. 그리고 사고일 전에 근처 항구에서 출항한 군선이 있는지도."

모용린이 독고설에게 미리 언급한 주문이었다.

수란은 탁자 위에 있는 큼지막한 금자를 보다가 쓴웃음

을 깨물었다.

"거절해요."

"왜죠?"

"지금 무림의 상황을 몰라서 그래요? 모든 인원이 전쟁에 총동원돼 있어서 빼낼 인원이 없어요."

독고설이 어금니를 깨물었다.

"문주께서 저에게 했던 말이 떠오르는군요. 무림서생이 없으면 우리와의 인연은 끊어질 거라고 한 말. 지금의 거절을 그런 의미로 받아들여도 되는 건가요?"

"……."

"대답해요."

수란은 팔짱을 풀고는 고개를 뒤로 젖히며 낮게 웃었다. 그러다 그 웃음이 점차 커졌다.

"호호호, 호호호호! 재미있어, 정말."

그녀가 다시 독고설의 눈을 직시했다. 웃음이 가신 차가운 눈빛이었다. 그리고 반말이 튀어나왔다.

"검봉, 그래서 내가 경고했잖아. 그 사람, 잘 지키라고."

"……!"

"솔직히 그 사람이 없었으면 당신은 예전에 죽었어. 당신뿐만 아니라 사천성과 이곳의 무사들도 태반이 죽었겠지."

"……."

"당신도 알다시피 나는 사오주, 아니, 사육주에게 정보를 제공하고 있어. 만약 정파인 당신들과 협력하고 있다는 것을 문상 야월화가 알게 되면 우리는 그날로 모든 활동을 접고 잠적해야 해. 그런 위험을 감수하고도 너희들을 도운 이유는 하나야. 천류영, 그 사람 때문이라고! 그런데…… 그렇게 중요한 사람을 지키지도 못하는 너희를 내가 왜 도와야 하지? 자칫 본 문이 무너질 수도 있는 위험까지 무릅쓰면서. 말해봐. 그리고 날 납득시켜 봐. 그럼 계속 도와주지."

독고설은 묵묵히 수란의 말을 끝까지 듣고는 결국 술병을 들었다. 그러더니 단숨에 술병을 비우고는 싱긋 웃었다.

그 모습에 수란이 기가 막힌다는 표정으로 말했다.

"지금 같은 상황에서 웃음이 나와? 너, 정말 그 사람을 사랑하기는 했어?"

"고마워서요."

"뭐?"

"그 사람이 잘못됐을까 걱정돼서 그런 거잖아요."

"그게 무슨……."

"그 사람 안 죽었어요."

독고설은 금자를 챙기고 일어나며 말을 이었다.

"술 잘 마셨어요."

그녀는 풍운과 함께 뒤돌아 나가다가 문가에서 멈춰 섰다. 그러고는 고개를 돌려 수란을 보았다.

"납득시켜 보라고 했죠?"

수란은 대꾸 없이 다시 팔짱을 꼈다. 독고설이 말했다.

"문주께서 한 말대로, 해적은 접근전이 아니라 멀리서 포격을 했어요. 접근전을 했다면 낭왕께서 해적 따위에게 당할 리가 없으니 말이죠."

"……."

"그리고 내가 아는 천 공자와 낭왕은 수영 실력이 상당해요."

"……!"

"두 사람은 평범한 사람이 아니잖아요? 낭왕은 초절정 고수. 천 공자도 하루가 멀다 하고 실력이 늘어서 일류 고수도 충분히 상대할 정도죠. 수영 실력과 체력, 내공, 그리고 무엇보다 강한 의지."

수란은 입술을 깨물고 잠시 생각하다가 입을 열었다.

"하지만……."

독고설은 수란이 무언가 말을 꺼내려 하자 바로 끊었다. 지금 수란의 반박을 들어줄 여유가 없었다.

왜냐하면 여인의 직감. 수란 문주가 천류영을 좋아했다는 것에 도박을 건 것이기에.

"알아요. 그럼에도 불구하고 살아 있을 확률이 많지 않다는 것을. 그러나…… 그 희박한 확률을 뚫고 그 사람이 살아 돌아온다면?"

"……"

"아마 그분은 문주에게 매우 섭섭함을 느끼게 되겠죠."

수란의 눈동자가 흔들리는 것을 본 독고설이 말을 이었다.

"그분은 늘 그렇게 어려운 확률을 뚫고 살아왔고, 승리를 거머쥐었어요."

잠깐의 침묵이 흘렀다.

수란은 깊은 한숨을 내쉬고 입을 열었다.

"납득하지 못해서 미안해."

"……"

"하지만…… 나를 진심으로 이해하고 동료로 받아준 그를 위해서 당신의 청부를 받지. 마지막으로."

독고설이 금자를 다시 꺼내 수란을 향해 던졌다. 얼떨결에 받아 든 수란이 피식 웃고는 금자를 탁자에 내려놓았다.

"이 금자는 네가 마신 술값이야."

"아주 비싼 술값이군요. 그럼 청부료는?"

"대신 그건 공짜로 해주지."

"좋아요. 나중에 천 공자에게 전해 주죠. 문주께서 무료로 당신을 찾는 데 힘을 보태주었다고."

독고설이 문밖으로 나가자 수란이 입을 열었다.

"당신, 생각보다 훨씬 강하군요."

다시 존대로 돌아왔다. 독고설은 살짝 어깨를 떨었다가
답했다.

"그분이 자주 말했어요. 또 생각하라고. 그리고 포기하
지 말라고."

"……."

"죽어도 포기할 수 없어요. 포기하는 순간, 내 생명도
끝이니까."

3

문상 야월화는 피곤한 기색으로 막사 안의 의자에 앉은
채 손으로 뒷목을 주물렀다. 이대로 행군하면 열흘 뒤에
는 정파와 마주하게 될 것이다.

지금까지 중요하지 않은 전투가 없겠지만, 이번 전투야
말로 사파의 운명을 결정지을 중요한 일전이었다.

이번에 승리한다면 동정호의 군산도, 즉 무림맹 총타가
손안에 떨어지는 것이나 진배없었다.

그렇기에 그녀는 바빴다.

현재 정파의 남은 정예들은 총동원됐다. 사천성과 절강

성만 제외하고.

그들은 부대를 둘로 나눠 하나는 마교를 상대하기 위해 북상했고, 남은 하나는 자신들과 붙기 위해 남하하고 있었다.

야월화는 정파뿐만 아니라 마교의 움직임과 전력을 분석하느라 여념이 없었고, 넘어올 듯 넘어오지 않는 흑천련도 견제와 회유를 동시에 진행하고 있었다.

어디 그뿐이랴.

사육주로 편성된 녹림의 움직임도 살펴야 하고, 작년에 편입된 무수한 군소 방파들도 주시해야 했다.

몸이 열 개라도 모자란 상황.

하지만 그녀는 한시라도 긴장을 늦출 수 없었다.

녹림의 총표파자만 만나면 심안이 발동하기 때문이었다.

참을 수 없을 정도의 불길함.

광혈창과 함께 온 괴이한 호위들의 정체를 확인하지 못한 것도 찜찜함으로 남았다.

물론 대산 총표파자가 상당히 강하더라도 무상의 상대가 되지 않는다는 것쯤은 잘 알고 있다. 그럼에도 그녀는 무상과 자신의 호위무사를 두 배로 늘렸다.

그것도 알짜배기 고수들로만. 실제 호위단의 전력은 세 배 가까이 강해졌다.

평소 호위를 대동하지 않는 손거문은 매우 불편해했지만, 야월화는 양보하지 않았다.

손거문도 사매인 야월화가 눈물까지 흘리며 간청하자 결국 받아들였고, 이젠 제법 적응한 상태였다.

그녀는 뒷목을 주무르던 손으로 탁자 앞에 놓인 지도를 펼쳤다. 그 지도를 보던 그녀는 자신도 모르게 한숨을 흘렸다.

한 지역만 보면 습관처럼 한숨이 나왔다.

절강성.

무림서생 천류영에게 농락당한 기억이 선명하게 남아있는 곳.

"좋지 않아."

그녀는 앙칼진 목소리로 지도의 항주를 노려보며 중얼거렸다.

얼마 전에 들어온 정보.

수십 년간 이어오던 여진족과의 전쟁을 천류영이 끝냈다는 소식이었다. 그 전쟁으로 인해 천류영은 황궁과 군부에서 군신이라는 칭호까지 얻었다고 했다.

역시 만만치 않은 인물. 아니, 생각보다 더 엄청난 놈.

그런 자가 다시 무림으로 돌아온다.

껄끄럽다. 그것도 아주 많이.

그녀의 본능이 말하고 있었다.

패왕의 별이 되기 위한 과정에서 가장 어려운 전투는 열흘 뒤 마주할 정파나 뇌황이 이끄는 마교가 아니라 천류영과의 일전이 될 것이라고.

뭐, 사형은 천류영보다 천마검을 더 경계하고 있지만, 자신은 책사이다 보니 역시 천류영이 더 꺼림칙했다.

"젠장, 여진족의 화살에 맞아 뒈지길 그렇게 기원했는데."

그녀는 표독스럽게 이를 갈다가 자리에서 일어났다. 저녁 식사는 언제나 그렇듯이 사형과 함께해야 하니까.

그녀가 이동하기 전에 동경을 꺼내 얼굴을 보는데, 막사 밖에서 경계를 서고 있는 호위가 안에 기척을 낸 후 중년 사내와 함께 들어왔다. 그 중년인은 정보를 취급하는, 지손이라는 인물이었다.

"문상을 뵙습니다."

지손이 허리를 숙였다가 폈다.

야월화는 지손이 직접 자신을 찾을 때는 중요한 보고 사항이 있다는 것을 알고 있었다. 그럼에도 은연중에 짜증이 났다.

그녀가 가장 방해받기 싫어하는 것이 바로 사형과의 저녁 식사 시간이기 때문이다.

"무슨 일이지?"

냉랭한 목소리에 지손이 살짝 당황하는 기색을 보이다

가 곧바로 본론을 말했다.

"무림서생 천류영이 죽었습니다. 낭왕도 함께."

"……."

야월화는 멍하니 지손을 보며 눈을 껌뻑거렸다. 분명 지손이 말하고, 자신은 그 얘기를 들었다. 그런데 지손의 보고가 전혀 실감 나지 않았다.

야월화가 대꾸를 못하고 가만히 있자 지손이 다시 말했다.

"무림서생과 낭왕이 대련에서 배를 타고 항주로 이동하던 중, 대포를 가진 해적을 만나서……."

그제야 정신을 차린 야월화가 손을 들어 지손의 말을 중단시켰다.

"지, 지금 그러니까…… 무림서생이 바다에 수장됐다는 얘기를 한 건가?"

"예, 그렇습니다."

"하아, 무림서생이?"

"예."

"그가 죽었다고?"

"예."

야월화는 손으로 이마를 짚으며 고개를 들었다.

지금 꿈을 꾸고 있는 건가?

그녀는 한참 그렇게 있다가 다시 지손을 보았다.

"무림서생이 배를 타고 오다가 해적을 만나 죽었다?"

"그렇습니다."

"확실해?"

"문상님의 지시대로, 이런 중요한 안건은 하오문의 정보도 확인하고 있습니다."

"하아, 그가 죽었다고? 호호호, 무림서생이 죽었다?"

그녀는 손으로 탁자를 짚고는 중얼거리다가 실성한 것마냥 크게 웃었다. 그러다가 이내 고개를 저으며 지손에게 또 확인했다.

"그러니까 무림서생, 천류영이 죽은 거지?"

"예."

"항주에서 우리와 함께 왜구와 싸운 무림서생."

"그렇습니다."

야월화가 다시 깔깔 웃어 댔다. 그러더니 다시 심각한 표정으로 고개를 저었다.

"아냐. 무림서생은 만만한 인간이 아니야. 분명 뭔가를 노리고 속임수를 쓰고 있는 건지 몰라. 그래! 분명 그럴 거야."

지손은 한숨을 삼키고 말을 받았다.

"보고에 의하면, 지금 항주에 있는 백성들이 환락로의 무림서생비 앞에서 끝도 보이지 않게 늘어서서 애도를 표하고 있다고 합니다."

야월화의 얼굴에 희열이 넘쳤다. 그러다 손뼉까지 치며 박장대소했다.

"호호호, 그럼 죽은 게 확실해. 그놈이 음흉하긴 하지만 백성을 상대로 사기를 치지는 않으니까. 설마 자신을 살리기 위해 몰려든 수십만 민초를 상대로 그런 속임수를 쓰겠어?"

"예. 제 생각도 그렇습니다."

야월화는 두 주먹을 불끈 쥐었다.

앓던 이가 빠지는 기분이 이런 걸까?

어쩌면 가장 힘겨운 승부를 벌여야 할지도 모른다고 생각하던 인간이 죽었다니.

"호호호, 호호호호."

그녀는 기뻐서 어쩔 줄 몰라 했다. 그때, 막사 안으로 손거문이 웃는 낯빛으로 들어왔다.

"하하하, 대체 무슨 일인데 우리 사매가 이렇게 기뻐할까? 그동안 공들이던 흑천련이 드디어 넘어오기라도 한 건가?"

야월화는 자신이 가장 소중하게 여기던 사형과의 저녁 식사마저 깜박했다는 것을 알고는 어깨를 으쓱거렸다.

"사형, 그것보다 훨씬 더 기쁜 소식이에요."

"응? 그게 뭔데?"

"무림서생이 죽었어요."

웃던 손거문의 얼굴이 굳었다.

"뭐?"

"오늘 저녁은 축배를 들어요!"

"그가 죽었다고? 얼마 전에 듣기로는 군부에서……."

"호호호, 거만한 승리자마냥 돌아오다가 해적을 만나 죽었대요."

손거문은 입술을 꾹 깨물고 침묵하다가 한숨을 뱉었다.

"그런가? 뭔가 아쉽고 덧없군. 그렇게 허망하게 죽을 녀석 같지는 않았는데."

그의 안타까운 표정에 야월화가 아미를 찌푸렸다.

"사형, 그는 언젠가 상대해야 할 적이었어요. 그것도 무시할 수 없는 강적이었다고요."

손거문은 고개를 끄덕이며 거대한 손으로 야월화의 어깨를 두드렸다.

"그래, 알아. 그런데 이상하게 그 녀석은 밉지가 않았거든. 뭐랄까, 설사 그 녀석에게 지더라도…… 그놈은 우리가 적대시하는 기존의 정파와는 다를 거란 생각이 들었어. 우리 사파를 핍박하지 않을 것 같다는. 뭐, 그렇다고 내가 녀석에게 진다는 얘기는 아니고."

야월화가 볼멘소리를 냈다.

"사형……."

"훗, 그래, 인정해. 사매는 그 녀석과 같은 책사니까

경쟁심이 많았을 거야. 자, 내 막사로 가자. 사매는 축배를 들고, 나는 그를 위해 애도를 하자고."

야월화는 기가 막힌 얼굴로 물었다.

"적을 위해 애도를 하겠다고요?"

"적이라고 해도 그는 난세의 영웅 중 한 명이었다. 그럴 자격이 있어."

야월화는 결국 고개를 절레절레 흔들었다.

"하여간 사형은 못 말려요."

사형이 무림서생을 위해 애도한다는 것이 좋지는 않았지만, 그녀의 입가에선 미소가 떠나지 않았다.

앓던 이가, 아니, 목에 걸린 가시 같은 존재가 사라졌는데 그 정도의 아량이야 자신도 베풀 수 있었다.

"좋아요. 저도 사형과 함께 그를 위해 애도의 잔을 들죠."

*　　　　　*　　　　　*

덜컹.

석실의 철문이 열렸다.

호롱불 하나로 밝히기엔 큼지막한, 어두컴컴한 내부.

취존은 피비린내를 맡으며 미간을 살짝 찌푸렸다. 생각보다 혈향이 짙었다.

천류영을 고문하던 중년인이 취존을 향해 말없이 부복했다. 아니, 그는 말이 없는 게 아니라 할 수가 없었다.

벙어리에 귀머거리였으니까.

기실 고문하는 인물이 말도 못하고 듣지도 못한다는 것은 고문당하는 자에게 어마어마한 공포였다.

말을 해도 소용없고, 비명을 질러도 듣지 못한다. 당연히 뭔가를 요구하지도 않는 벙어리.

그는 그저 자신의 역할에 묵묵히 최선을 다할 뿐이었다.

취존은 벽에 매달린, 피투성이의 천류영을 보며 혀를 찼다.

"쯧쯧, 손톱과 발톱이 다 빠졌군. 꽤 아팠겠어."

천류영은 고통의 눈물을 머금은 눈으로 취존을 보았다. 취존이 말했다.

"하고 싶은 말이 있다면 허락하마."

천류영은 쓰게 웃고는 다시 고개를 떨어트렸다. 순간, 취존의 눈에 짜증이 일었다가 사라졌다.

"뭐, 할 말이 없나 보군. 어쨌든 안타깝게 생각해. 적당히 손보라고 했는데 이놈이 늘 그렇듯이 과했던 것 같군. 하여간 적당히란 말을 이놈이 잘 몰라서 말이지. 자네도 알겠지만, 비명을 질러도 듣지를 못하니 이해하라고."

취존이 손가락을 튕겼다.

딱!

열린 철문으로 네 명의 아리따운 여인이 들어왔다. 잠자리 날개처럼 반투명한 옷 하나만 걸친 그녀들은 천류영의 손목과 발목에 채워진 쇠사슬을 풀었다.

천류영이 바닥으로 허물어지자 네 여인은 힘을 합쳐 그를 부축했다.

취존이 미소를 지으며 천류영에게 말했다.

"자, 앞으로 사흘간은 환상적인 날들이 펼쳐질 거야. 최고의 음식과 옷이 주어질 테고, 네가 원하는 미녀는 얼마든지 가질 수 있지. 즐기도록."

"……"

"다시 말하지만, 네가 나에게 절대복종을 맹세하고 네 동료들을 죽일 계책을 내놓는다면…… 너는 다시 이곳으로 돌아와 사흘간 지옥을 경험하게 되는 일은 없을 거야."

금방이라도 죽을 것 같던 천류영이 으르렁거렸다.

"네가 죽이면 되잖아! 잘난 네 힘으로!"

취존이 눈을 휘둥그레 떴다.

"후후후, 간만에 보는 사람다운 반응이군. 하지만 잘못 짚었어. 내가 원하는 건 사람이 아니라 개야. 충견."

"개자식."

"너도 알다시피 나는 결국 패왕의 별이 될 거야. 그런데 정파의 영웅이라 불리는 그들을 내가 죽이면 모양새가 좀 그렇잖아? 그러니까 네 명석한 머리를 좀 굴려보라고. 아! 절대로 잊지 마. 만약 네가 같잖은 속임수를 쓰려 한다면…….”

그의 얼굴에서 미소가 사라지고 잔인한 악귀의 모습이 드러났다.

“네 모친과 여동생, 그리고 애인인 청화는 세상에서 가장 참혹하게 죽게 될 거야. 내가 비록 조잡한 악당 짓을 경멸하긴 하지만, 네가 날 실망시킨다면 어쩔 수 없지 않겠어? 내 선의를 네가 먼저 배신한 결과니까.”

“…….”

“난 앞으로도 지금처럼 선택권을 너에게 줄 거야. 노예나 짐승에게도 최소한의 기회는 줘야 한다고 생각하거든.”

사흘 뒤.

다시 석실의 철문이 열렸다.

건장한 사내가 천류영을 데리고 와서는 벙어리에게 넘겨주었다. 벙어리는 능숙하게 천류영의 사지를 쇠사슬로 묶고는 뒤로 물러났다.

잠시 후, 취존이 들어와 천류영을 마주했다.

“사흘간 잘 쉬었나?”

“…….”

"의원이 그러던데, 고문의 후유증으로 제대로 쉬지도 못하고 끙끙 앓기만 했다고? 쯧쯧, 왜 사서 고생인지. 세상이 모두 똑똑하다고 인정하는 자네가 이렇게 어리석다니 놀랄 지경이야. 후후후. 뭐, 나야 지켜보는 재미가 있어서 좋지만."

그는 손을 뻗어 천류영의 턱을 들어 올렸다.

눈과 눈이 허공에서 마주쳤다.

그러자 취존의 눈동자에 찰나 짜증이 스쳤다.

여전히 또렷하고 흔들림 없는 천류영의 눈빛.

"고문이 생각보다 약한가? 보통은 이곳에 다시 들어오는 순간부터, 아니, 이미 전날부터 생기를 잃고 벌벌 떠는 게 정상인데 말이지. 뭐, 이제 겨우 다섯 번 돌았으니까. 그래도 조금 강도를 높이는 게 좋겠지?"

취존이 벙어리를 보며 손가락 네 개를 펼쳤다. 그러자 벙어리가 그에 맞춰 고문 장비를 준비하기 시작했다.

천류영은 그 모습을 보면서 입술을 깨물었다. 자신도 모르게 덜덜 떠는 모습을 보여주기 싫어서.

고개를 들었다.

지금 이 순간, 한 사람이 떠올랐다.

천마검 백운회.

그도 배교에 잡혀서 이런 고문을 받았을 것이다.

순간순간이 너무 고통스러워서 그냥 죽고 싶어지는 마

음을 그는 어떤 심정으로 이겨냈을까?

매순간마다 모든 것을 다 포기하고 싶었다.

치이이이익.

불에 달궈진 인두가 그의 허벅지에 닿았다.

"으윽."

어금니를 깨물었음에도 고통 어린 신음이 잇새로 새어
나왔다.

취존이 담담한 눈으로 천류영을 보다가 뒤돌아서며 말
했다.

"사흘 뒤에 보자고."

＊　　　　　　＊　　　　　　＊

십만대산의 무수한 봉우리 중 하나.

그 정상에서 백운회는 마노사와 함께 일출을 바라보고
있었다.

마노사는 말없이 붉은 태양이 떠오르는 것을 보다가 입
을 열었다.

"천마검, 사흘만 있으면 교주가 정파와 일전을 겨룰 것
이네."

"알고 있습니다."

감정을 알 수 없는 무덤덤한 어조에 마노사가 한숨을

뱉었다.

"후우우, 자네는 확실히 변했군."

백운회가 피식 웃고는 자신을 바라보는 마노사를 마주 보았다.

"그렇습니까?"

"예전의 자네였다면 피가 끓는 열혈 투사의 모습을 보였을 거야. 당장 전장으로 달려가고 싶어서 발을 동동 구르지는 않더라도 너무 남의 일 보듯 하는 건 아닌가? 이번 전투는 본 교의 모든 이가 간절히 승리를 원하고 있는데……."

마노사는 마뜩치 않은 표정으로 말꼬리를 흐렸다.

"교주가 오지 말라는데 어쩝니까?"

"답답하군. 솔직히 나는 교주나 자네가 결국엔 마지못해 서로를 받아들일 거라고 생각했어. 그런데 끝까지 옹졸한 모습을 보이다니, 실망일세."

"……."

"지금이라도 늦지 않았네. 우리나 정파나 사실상 최후의 전투가 될 것임을 알고 있으니, 단시일 내에 승부가 나진 않을 거야."

백운회는 마노사의 눈을 지그시 들여다보며 묘한 미소를 지었다. 그 미소에 마노사의 미간이 좁아졌다.

"그 미소는 무슨 뜻인가?"

"제 목숨만큼 소중한 동료와 수하들이, 적도 아닌 교주에게 죽어가던 모습을 보셨다면 그런 말씀을 못하실 겁니다."

마노사는 입맛을 다시며 백운회의 눈길을 피해 다시 앞을 보았다. '어쨌든 자네도 뇌악천과 많은 이들을 죽여 복수하지 않았냐'고 해봤자 쉽게 앙금을 풀 수 있는 일은 아니기에.

백운회가 말을 이었다.

"그리고 저는 배교로부터 반년 넘게 고문을 받았습니다. 그동안 골수에 맺힌 분노가 쉽게 사그라질 것이라 생각하십니까?"

"거참, 물론 많이 힘들고 고통스러웠겠지. 하지만 자네는 숱하게 사지를 헤쳐 나오지 않았나. 그러니 그런 고문 따위는 대의를 위해 잊고……."

백운회가 차가운 어조로 말을 끊었다.

"그런 고문 따위라고 함부로 말하지 마십시오. 전장에서 목숨을 거는 것과는 차원이 다른 일이니까요. 인간의 존엄이 타인의 폭력에 철저히 짓밟혀 혼백까지 잠식당하는 고문은……."

백운회는 자신이 지나치게 흥분한 것을 깨닫고는 호흡을 다스렸다. 그 끔찍했던 순간들을 견딜 수 있었던 건 오로지 하연 덕분이었다.

그녀가 없었다면 천랑대 동료들의 기억마저 희미해졌을 테고, 결국 스스로 목숨을 끊었을 것이다. 결코 놈들에게 굴복할 수는 없었으니까.

마노사는 연신 입맛을 다시다가 살짝 백운회의 눈치를 살피며 입을 열었다.

"자네의 고생을 내가 너무 경솔하게 폄하했군. 사과하지."

"아닙니다. 저도 과하게 흥분했습니다."

"내가 자네의 심정을 왜 모르겠나. 하지만 본 교의 교도들이 자네를 보는 시선이 예전 같지 않다는 것을 알아야 하네."

백운회는 고개를 끄덕이며 인정했다. 마노사의 말마따나 자신을 마협이라 부르며 열광하던 이들도 요즘 들어서는 실망하는 기색을 내비치고 있었다.

본 교의 숙원인 마도 일통의 대전제 앞에서 천마검과 휘하 동료들은 철저하게 무관심으로 일관하고 있었으니까. 적어도 지금까지는.

마노사가 계속 말을 이었다.

"교주가 전쟁을 위해 야전에서 겨울을 보내며 고생하는 동안 자네들은 본 교에서 편하게 휴식을 취했잖나. 그뿐 아니라 다시 전쟁이 시작되려는데도 움직일 생각조차 하지 않으니…… 우호적이던 이들마저 자네를 비방하기 시작했어."

"……."

"뭐, 상황이 이런데도 교주가 참전을 금지한 것을 말하지 않은 것은 잘한 일이네. 괜한 분란을 일으켜 본 교를 분열시킬 테니까. 하지만 자네도 이제 뭔가 움직임을 보여줘야 하지 않겠나?"

교주는 늦여름이나 가을쯤 손거문을 제거해 달라고 요구했다. 그러니 아직도 반년 가까운 시간이 있었다.

백운회는 어깨를 으쓱거리며 소리 없이 웃다가 말했다.

"역시 수석 군사 마갈입니다. 그자는 분명 이런 여론을 조성하려는 의도도 가지고 저에게 아무것도 하지 말라고 요구한 겁니다."

"흐음, 그럴지도 모르지만, 어쨌든 중요한 건 자네도 뭔가 움직임을 보여줘야 한다는 거네. 무림맹 총타를 유린한 그 전무후무한 전공까지 빛이 바랄 지경이니."

"너무 걱정하지 마십시오. 그러지 않아도 관태랑이 조사하고 있는 것을 끝마치면 움직일 생각이니까요."

백운회의 말에 마노사의 눈이 가늘어졌다.

본교로 복귀한 섬마검 관태랑은 흑룡가의 사람들을 동원해 뭔가를 하고 있었다. 흑룡가의 고수들 중 상당수가 중원으로 나갔는데, 워낙 보안을 철저하게 해서 무엇을 하고 있는지 알 수가 없었다.

"당최 뭘 파헤치고 있는 건가?"

백운회의 입가에 미소가 걸렸다. 관태랑은 배교의 흔적을 추적하고 있었다.

"나중에, 나중에 알게 되실 겁니다."

"흐음, 그 일이 뭔지는 모르겠지만, 지금 교주가 정파와 싸우는 것보다 더 중요하지는 않잖나?"

백운회가 고개를 저었다.

"아니, 그보다 더 중요한 일입니다. 자칫 죽 쒀서 개 줄 수도 있으니까요. 그것을 위해서라도 본 교는 전력을 보존할 필요가 있습니다. 최소한 천랑대와 흑랑대만이라도."

"……?"

마노사가 궁금증을 참지 못하고 물으려는 순간 천공에서 '구우우우우!' 하는 새소리가 울렸다.

금광구였다.

백운회가 미소로 바라보다가 외쳤다.

"금영!"

금영이 호선을 그리며 날아와 백운회가 내민 팔뚝에 앉았다. 그는 금영의 머리를 몇 차례 쓰다듬고는 발목에 걸려 있는 전서 통을 빼냈다.

마노사가 그것을 보며 물었다.

"금광구로 연락하는 자도 비밀이겠지?"

백운회가 쓴웃음을 깨물며 고개를 숙였다. 하오문주로
부터 온 것이니, 알려줄 수가 없었다.

"죄송합니다."

　그가 전서 통에서 돌돌 말린 쪽지를 꺼내 암호를 읽었
다. 그의 표정이 점점 굳어가는 것을 본 마노사가 고개를
갸웃거렸다.

　백운회의 표정이 이렇게 굳어지는 모습을 오랜만에 보
기 때문이었다.

　백운회는 침음하다가 말했다.

"마노사, 중원에 가야 할 일이 생겼습니다."

　마노사가 반색하다가 문득 의아한 생각이 들어 물었다.

"교주가 참전을 허락한 건가?"

"아닙니다."

"그럼 어딜 가겠다는 말인가?"

"항주."

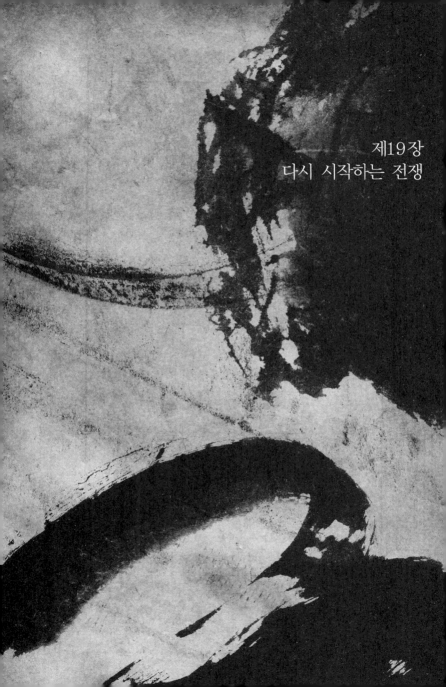

제19장
다시 시작하는 전쟁

1

관태랑은 천랑대원들과의 아침 수련을 마치고 처소로 돌아가다가 백운회와 마주쳤다. 관태랑이 환하게 웃으며 목례했다.

"호오, 대종사께서 아침 댓바람부터 절 보러 오신 겁니까? 아무래도 오늘은 좋은 일이 생길 것 같습니다. 하하하."

백운회가 굳은 얼굴로 입을 열었다.

"관태랑, 아침 식사를 함께하지. 긴히 할 말이 있어."

관태랑은 백운회의 표정이 심상치 않음을 깨닫고는 고개를 끄덕였다.

"그러죠. 그런데……."

"무슨 문제라도 있나?"

"아니, 문제랄 것까지는 아닙니다. 화선부주와 선약이 있어서……."

백운회의 눈이 휘둥그레졌다.

"응? 네가 하유와 아침 식사 약속을 했다고?"

"예. 음…… 일단 화선부주와의 약속은 뒤로 미루겠습니다."

백운회는 의외라는 눈빛으로 관태랑을 멀뚱멀뚱 바라보았다. 관태랑이 아침 식사는 흑룡가의 가족들과 함께한다는 걸 알고 있었기 때문이다. 특히 모친인 마검후는 어지간해서는 그 시간을 누구에게도 양보하지 않았다.

관태랑이 백운회의 눈빛을 읽고는 낮게 웃으며 손사래를 쳤다.

"이상한 쪽으로 생각하지 마십시오. 화선부주와 전 아무 사이도 아니니까요."

백운회는 관태랑과 나란히 걸으며 담담하게 대꾸했다.

"아쉽군. 자네도 슬슬 좋은 인연을 만날 때가 됐잖아? 아니, 오히려 늦은 감이 있지."

"뭐, 때가 되면 생기겠지요."

"그나저나 하유가 자네에게 무슨 말을 하려는 걸까? 짐작 가는 거라도 있나?"

"아무래도 그녀는 중원으로 돌아갈 생각인 것 같습니다. 그 문제로 저와 상의하려고 아침 약속을 잡은 겁니다."

"그런가? 하긴 고향도 아닌데 이런 척박한 땅에 마음을 붙이기 어려웠겠지."

백운회의 담담한 말에 관태랑이 다시 쓴웃음을 머금었다. 하유가 돌아가려는 진짜 이유를 알기 때문이다.

바로 이 사람, 백운회 때문이다.

깊이 사랑하지만 그 사랑을 드러낼 수 없는 아픔 때문이었다.

잠시 후, 둘은 함께 아침 식사를 하며 대화를 이어 나갔다. 백운회가 먼저 입을 열었다.

"하유가 돌아갈 생각을 했다니, 마침 잘됐군. 그녀는 수안파파가 있는 무림맹 절강 분타로 가겠지?"

"아무래도 그렇겠지요."

"나와 같이 가면 되겠군."

관태랑이 눈을 동그랗게 뜨고 젓가락질을 멈췄다.

"무슨 뜻이십니까?"

"항주에 갈 일이 생겼다."

"……."

"무림서생 천류영, 그 녀석이 죽었다는군."

관태랑의 커진 눈동자가 더욱 커졌다.

그가 북방에서 커다란 전공을 올렸음을 들은 지가 얼마나 됐다고!

"그가 죽었다고 하셨습니까? 어떻게?"

"해적에게 당했다는데…… 뭐, 드러난 정황으로는 그런데 아직 미심쩍은 부분이 적지 않아. 나 또한 그 녀석이 그리 쉽게 죽었다는 것은 믿기 어렵고. 어쨌든 제대로 알아봐야겠어."

관태랑은 자신도 모르게 한차례 크게 한숨을 토해냈다.

"그래야지요. 대종사께서 그리시는 큰 그림에서 그는…… 빼놓을 수 없는 매우 중요한 인물이니까요."

사실 관태랑은 천류영이 과연 교주를 막을 수 있을 지 회의적이었다. 왜냐하면 교주의 전력을 잘 알기 때문이다.

세상이 천마신교를 두려워하는 건 한 명의 절대강자 때문이 아니다. 그런 건 오백 년 전의 천마처럼 그저 상징일 뿐이다.

진정한 천마신교의 힘은 바로 세상의 어느 문파보다 많은 고수들의 숫자였다.

뇌황은 원로원과 장로회의 고수들 상당수를 이끌고 갔고, 그 전력을 아직까지 상당 부분 보존하고 있었다. 무저갱의 괴물들을 소진시키면서.

하지만 그럼에도 불구하고 관태랑은 천마검의 계책, 즉 천류영이 교주를 저지시킬 가능성도 완전히 불가능하다고 생각하진 않았다.

핵심은 하나였다.

천류영이 나서기 전에 정파가 교주의 측근 고수들을 얼마나 소진시킬 수 있느냐.

만약 정파가 선전해 교주의 측근을 상당히 제거한다면, 천마검의 예상처럼 천류영이 기회를 잡을 수도 있을 거라 믿었다. 쉽지는 않겠지만 말이다.

어쨌든 관태랑은 천류영을 구하기 위해 절강성의 민초들 수십만이 움직인 소식을 듣고는 많은 생각을 하게 되었다.

어느새 천류영은 천하의 거목으로 성장해 있었다.

그런 천류영이라면 천마검이 향후 패왕의 별에 오른 다음에 이용할 구석이 무궁무진했다.

잠깐 상념에 빠진 관태랑에게 백운회가 말했다.

"그런데…… 관태랑, 폭혈도도 데리고 갔으면 하는데. 왠지 천류영의 죽음엔 뭔가 음모의 냄새가 나거든. 그걸 알아내려면 아무래도 믿을 만한 사람이 필요해."

"당연하지요. 그럼 대종사 홀로 떠나려고 하셨습니까? 폭혈도뿐만 아니라 귀혼창도 데리고 가십시오."

"그렇게까지는…….."

"아, 저도 함께 가겠습니다."

"응? 자네도?"

백운회는 꽤 놀랐다. 왜냐하면 관태랑이 지금 하고 있는 일이 상당히 많았기 때문이다.

배교를 추적하는 일뿐만 아니라 천하의 정세를 두루 살피고 있었다. 동시에 개인 수련과 천랑대 훈련을 책임지고 있었으며, 신입 천랑대원들도 철저한 심사를 통해 모집하는 중이었다.

그 일들은 한 가지만으로도 벅찬 것이었다. 그러나 관태랑이기에 그 모든 것을 차질 없이 진행 중이었다. 그런데 관태랑이 자리를 비운다면?

백운회는 그런 생각만으로도 현기증이 일었다.

관태랑이기에 여러 중요한 일들을 믿고 맡길 수 있었다. 하지만 그가 빠지면 불안할 수밖에 없다.

관태랑은 백운회의 얼굴에 드러난 표정을 보며 빙그레 웃었다.

"약간의 시행착오가 있더라도, 조직은 후계자가 성장할 기회를 줘야 합니다. 대종사께서 저에게 그런 기회를 늘 주셨듯이."

맞는 말이다.

제대로 된 조직이라면, 만에 하나 수장에게 위기가 닥쳤을 때를 대비해야 한다.

백운회가 공감하며 물었다.

"누구를 생각하고 있는데?"

"사조장이 전체를 아우르는 통찰력이 있습니다. 이번 기회에 제 부관으로 승진시킬까 합니다."

"마령검이라……. 능력으로 보면 충분하긴 한데……."

뭔가 탐탁지 않은 표정.

관태랑은 백운회가 무엇을 걱정하는지 잘 알고 있었다.

"수라마녀와 목하 열애 중이긴 하지만, 공과 사를 구별할 친구입니다. 또한 그렇기에 이번 기회가 좋은 시험대가 될 테고요. 그리고 수라마녀도 적극적으로 마령검을 도울 테니, 일석이조지요."

백운회는 관태랑이 귀혼창까지 데려가자는 이유를 깨달았다.

마령검은 귀혼창보다 아랫사람이다. 그런데 마령검이 승진한다면 내색은 하지 않아도 불편할 수 있다.

하지만 자신과 함께 외유를 하자는 말을 들으면 그런 문제 따위는 웃으며 잊어버릴 것이다.

승진 안 해 다행이라고.

귀혼창은 그만큼 천마검을 좋아하고 따르는 인물이었다. 뭐, 천랑대라면 누구라도 그러했지만.

"관태랑, 나는 마령검이 공과 사를 구별하지 못할 거란 얘기가 아니야. 나는 그저…… 그 녀석, 태어나서 지금 제일 행복한 시간을 보내고 있는데, 조금 더 누리게 해도 괜찮지 않을까?"

갑자기 관태랑의 눈빛이 침잠했다. 그는 젓가락을 식탁에 내려놓고 정색했다.

"대종사, 이 문제에 대해 한 번 언급하려고 했는데, 지금 하는 게 좋을 것 같습니다. 대종사께서 예전과 달리 저희들에게 매우 살갑고 따뜻하게 대해주시는 것 잘 알고 있습니다. 그 이유에 대해서도."

"……."

"하지만 과유불급이라 했습니다. 예전처럼 속으로 아끼되, 겉으로는 적당히 거리를 두십시오. 지나친 관심과 애정은 냉정한 판단을 해야 할 때 눈을 멀게 하기 쉽습니다. 이건 대종사뿐만 아니라 수하들에게도 좋지 않습니다. 대종사께서는 때론 대(大)를 위해 수하를 버려야 합니다. 또한 수하들은 대종사를 믿고 따르되, 지나치게 의지해서는 안 됩니다. 그들은 독립적으로도 성장해야 합니다."

백운회는 입맛을 다시며 어깨를 으쓱거렸다.

"자네 말이 맞아. 알고 있어. 하지만……."

"하지만이 아닙니다. 예전으로 돌아오셔야 합니다. 대종사께서 무림맹 총타를 정복하고 돌아오셨을 때, 저는 기쁘면서도 슬펐습니다. 단 한 명의 수하도 잃지 않기 위해서 얼마나 힘드셨을까, 얼마나 속이 바짝바짝 탔을까……."

"……."

"운이 좋았던 겁니다. 소수를 구하려다 자칫 전체를 잃는 우를 범할 수 있습니다."

관태랑은 그 점이 늘 마음에 걸렸다.

천마검은 수하 한 명, 한 명에 집중하느라 총타에서의 시간을 지체했다. 물론 계획한 시간에 맞췄다지만, 예상하지 못한 십천백지가 총타에 있었다.

그런 상황이라면 전력 일부의 희생을 무릅쓰고라도 더 과감하게 돌파하고 빠져나왔어야 했다. 그랬다면 동정호에서 위기를 맞지 않았을 것이다. 운 좋게 풍운의 도움이 있었으니 망정이지, 정말 큰일 날 뻔했다.

백운회는 쓴웃음을 짓고는 대꾸했다.

"후우우, 자네의 조언은 늘 아프군."

"천류영 때문입니까?"

관태랑의 물음.

백운회의 변화가 천류영 때문이냐는 것이다. 천류영이 주변 사람들을 얼마나 아끼는지에 대해서는 귀가 따갑도록 들었으므로.

백운회는 가타부타 대꾸 없이 침묵했다. 배교에 고문당하면서 동료와 수하가 걱정되고 그리웠다. 하지만 천류영의 영향이 전혀 없었다고도 말할 수 없다.

관태랑이 한숨을 삼키고 말을 이었다.

"그는 개혁론자라고 들었습니다. 그렇기에 가급적 많은

사람들을 끌어안으려는 것이지요. 하지만 대종사의 길은 그와 비슷하지만 확연히 다릅니다. 피의 길을 걸으십시오. 역사의 진정한 변화가 일어났을 때는 개혁이 아니라 혁명이 있었습니다."

"……."

"삼국시대의 유비는 민심을 얻었으나 천하 통일엔 실패했습니다. 대종사, 청운의 꿈을 완수한 다음에 천류영과 같은 자를 품으면 됩니다. 지금은 난세, 대종사의 길이 옳습니다. 그렇기에 제가 대종사를 믿고 따르는 겁니다."

관태랑은 백운회가 예전과 달리 굳이 자신이 패왕의 별이 되지 않더라고 상관없다는 생각을 하는 것을 간파하고 있었다.

관태랑이 진심을 담아 말했다.

"패왕의 별은 오로지 대종사뿐입니다. 결코 그것만큼은 흔들리시면 안 됩니다. 저뿐만 아니라 많은 이들이 대종사를 따르는 이유는 당신께서 강하거나 수하를 아끼는 것 때문만이 아닙니다. 바로! 당신께서 새로운 세상을 열어줄 것이라는 희망 때문입니다!"

잠시 침묵이 흘렀다. 관태랑은 다시 젓가락을 들고 식사를 계속했다. 그렇게 식사가 끝나고 차를 마시는 시간.

백운회가 입을 열었다.

"자네가 내 곁에 있어서 다행이야. 늘 그렇게 생각하고 있지만……."

관태랑이 손사래를 치며 백운회의 말을 끊었다.

"그런 얘기는 하지 않으셔도 됩니다. 어차피 제 역할이 바로 그런 것이니까요. 도움이 되었다면 오히려 제가 고맙습니다."

"흠, 알았어. 그런데 자네가 나와 함께 항주에 가려는 이유는 뭐지?"

단순히 마령검을 성장시키고자 자리를 비운다는 것은 말이 되지 않았다. 물론 그런 의도도 있겠지만, 관태랑이 옆에서 도와주는 것이 효율적인 면에서 더 나았다.

관태랑이 마시던 차를 내려놓고 빙그레 웃었다.

"만날 사람이 있습니다."

"……?"

"빙봉 모용린."

"빙봉을?"

관태랑이 고개를 끄덕이며 답했다.

"예. 배교를 추적하는 수하들로부터 종종 빙봉의 사람들과 마주친다는 보고가 있었습니다. 그녀도 배교를 쫓고 있는 것이 분명하니, 정보를 공유하는 것도 나쁘지 않겠지요."

백운회가 피식 웃었다. 그에 관태랑이 왜 그러느냐고 표정으로 묻자 백운회가 답했다.

"왠지 절강성의 정파인들과 우리가 한편인 것 같아서 말이야. 이상하게 그쪽 친구들은 밉지가 않아."

관태랑이 어깨를 으쓱거렸다.

"대종사께서 그린 큰 그림처럼, 적의 적은 아군이니까요. 숨어 있는 배교를 잡기 위해선 일시적 협력이 필요하고 말입니다. 겸사겸사 천류영 세력의 전력도 탐색할 겸."

백운회가 차를 다 마시고 자리에서 일어났다.

"그래, 어차피 패왕의 별은 하나. 결국 그들과 싸워야 할 날도 준비해야겠지."

관태랑도 따라 일어나며 말을 받았다.

"예. 유비무환이라…… 준비는 해야지요. 하지만 만약 천류영이 정말 죽었다면…… 굳이 우리가 손을 쓰지 않아도 될 겁니다. 천류영이 없는 그들은 같은 정파나 교주 혹은 사오주에게 먼저 당할 공산이 크니까요. 설사 그 위기를 극복하더라도 만신창이가 되고 말 겁니다."

"글쎄, 천류영은 자신의 모든 것을 검봉에게 알려주고 있었어. 또한 천류영의 신념을 좇아서 검봉 곁에 남아 싸울 고수들도 적지 않을 거야. 그들은…… 결코 쉬운 상대가 아니야."

관태랑이 고개를 저었다.

"검봉이 천류영에게 얼마나 많은 정보를 받고, 얼마나

철저하게 준비했는지 모르지만, 소용없을 겁니다. 왜냐하면 그녀는 천류영이 아니니까요."

"……."

"마치 제가 천마검이 아닌 것과 같은 이유지요. 본 교최강의 전력인 천랑대, 그리고 야전의 명수인 흑랑대도 천마검이 존재하지 않으면 가진바 힘을 절반도 내지 못합니다."

"……."

"영웅은 흉내 내기로 감당할 수 있는 자리가 아닙니다."

$$*\qquad*\qquad*$$

슈각.

쩌엉! 쩡쩡쩡!

도검과 창봉이 요란하게 충돌하며 불똥을 튕겼다.

"우와아아아아!"

거친 함성.

"으아아아악!"

쉴 새 없이 흐르는 비명과 통곡.

주변에 산이라고는 찾아볼 수 없는 평야에 오 리(五里)에 걸쳐 대치한 전선.

그 전선에 빼곡하게 서 있는 양측의 무인들은 죽어라 날붙이를 휘둘렀다.

천공에 자리한 태양이 뜨거운 열기를 내뿜는 가운데 마교의 일만 병력과 정파의 육천오백여 명이 정면으로 충돌했다. 물론 병력이 총동원된 건 아니다. 전선 뒤에는 병력의 삼 할가량이 대기하고 있었다.

지난 반년간 무수한 군소 방파를 흡수하며 세력을 키운 천마신교.

구파일방과 같은 대방파가 더 이상 패하게 되면 모든 것을 잃을 수 있기에 어쩔 수 없이 전력의 상당 부분을 내놓은 정파.

사월의 햇살 눈부신 화려한 봄날.

마침내 양쪽이 충돌했고, 사활을 건 전투를 시작했다.

째애애앵, 쨍쨍쨍쨍쨍쨍!

기다란 전선에서 양쪽의 무인들이 한 치의 물러섬 없이 싸웠다. 그 긴 전선 중 한 곳이라도 뚫리면 전체가 위험해진다.

그걸 아는 책사와 간부들은 목이 쉬어라 아군을 독려했고, 밀리는 곳이 포착되면 곧바로 대기하고 있는 지원조를 보냈다.

정파의 총지휘를 맡고 있는 제갈천 총군사는 후방에 세운 높은 단 위에서 전선을 살폈다. 검황 단백우와 편을 이

뭐 싸웠을 때와는 다르게 초조한 기색이었다.

왜냐하면 그에게 주어진 마지막 기회였으니까.

작년 여름, 제갈천에게도 패배의 책임을 물어야 한다는 여론이 적지 않았다. 그러나 제갈천은 그 모든 책임을 무림맹주인 검황에게 뒤집어씌우면서 직위 유지에 성공했다.

그렇다 하더라도 완전한 면죄부를 받은 건 아니었다. 만약 이번 전투에서 제대로 된 능력을 보여주지 못한다면 가차 없이 버려질 운명이었다. 그렇기에 제갈천은 혼신의 힘을 다해 전투에 집중했다.

2

제갈천이 손가락으로 한 방향을 가리키며 빽! 외쳤다.

"이십팔군사! 오른쪽, 저기 오른쪽! 일 개 조 투입하라!"

그의 고함이 터지기 무섭게 백현각에서 데려온, 서른 명의 책사 중 한 명이 부리나케 뛰며 외쳤다.

"무당의 도사분들은 저곳을 도와주십시오!"

준비하고 있던 무당 도사들 오십여 명이 이십팔군사를 따라 전장에 투입됐다.

제갈천의 귀밑머리를 타고 땀이 줄줄 흘러내렸다. 그의

눈이 순간 빛났다.

간만에 보이는 유리한 곳.

"저쪽, 화산의 매화단이 활약하고 있다! 이십육군사! 저들을 도와 전선을 뚫어라! 두 조를 투입해 주변을 장악하라!"

화산의 매화단.

작년 전투에서 몰살에 가까운 피해를 입었다. 하지만 화산의 고수들이 충원되면서 새롭게 탄생됐다.

"복명! 개방의 고수분들께서는 저와 함께 이동합니다."

미리 약속을 해두었던 듯 지체 없이 개방의 백여 명이 매화단이 분투하고 있는 전선으로 달렸다.

과연 지원을 받은 매화단이 전선을 돌파하거나 주변을 장악할 수 있을까?

어렵다.

적 책사가 눈먼 장님이 아닌 이상 그들도 지원을 보낼 테니까.

제갈천은 헉헉 숨을 몰아쉬었다. 마치 자신이 전선에서 싸우는 것마냥 진이 빠졌다.

무려 오 리에 걸친 전선을 빠짐없이 살피며 시시각각 적절한 지시를 내려야 하니, 어찌 그렇지 않겠는가.

그것도 벌써 한 시진째였다.

그런 제갈천과 함께 단 위에 서 있는 두 사내.

십천백지의 삼존과 구존이 흥미로운 표정으로 전장과 제갈천을 번갈아 보았다. 구존이 먼저 입을 열었다.

"용병술이 제법이야. 병력을 나름 잘 운용하는군."

하지만 삼존은 고개를 저으며 혀를 찼다.

"글쎄, 나는 전선의 고착 상태를 보고 싶은 게 아닌데 말이야. 좋게 말하면 밀리지 않는 거지만, 달리 말하면 막기에 급급한 게 아닌가."

제갈천은 자신도 모르게 입술을 깨물었다. 말하는 건 쉽지만, 현실은 녹록하지 않았다.

"저들의 병력이 두 배 가까이 되는지라 지금 밀리지 않는 것만으로도 선전하고 있는 겁니다. 제가 진즉에 병력을 둘로 나누지 말고 마교나 사오주 중 하나를 먼저 각개 격파하는 것이 좋다고 건의를……."

삼존이 심드렁한 어조로 제갈천의 말허리를 잘랐다.

"헛소리. 작년에 천마검에게 총타를 유린당하는 모욕을 받았는데, 그런 일을 두 번이나 당하란 말인가? 그리되면 나중에 승리하더라도 세인들이 우릴 비웃을 터, 그래서야 패왕의 별이라 불릴 자격이 없지."

마교나 사육주 중 한쪽을 상대하는 사이, 다른 한 세력이 동정호의 총타를 점령할 위험을 지적함이다.

제갈천은 한숨을 삼켰다.

십천백지의 자존심이 하늘을 찌른다는 건 익히 알고 있

다. 또한 그럴 만한 능력도 있었다.

하지만 적의 패를 까보니 그들의 능력도 만만치 않았다. 문제는 십천백지가 그 점을 인정하지 않는다는 것이다.

오로지 자신들만이 최고일 뿐.

마치 마교와 붙기 전, 정파의 전성기에 취해 자만에 빠져 있던 자신들을 보는 것 같았다.

성질 같아서는 십천백지의 두 하늘이 군산도에서 천마검에게 당한 것을 지적하고 싶었다. 하지만 그것을 말하는 건 금기였다. 석 달 전, 백현각의 한 책사가 그 점을 거론했다가 목이 날아갔다.

삼존이 제갈천을 노려보며 물었다.

"자네는 계속해서 밀리지 않는 것만도 최선이라 말하고 있는데, 그렇다면 책사가 존재할 이유가 뭔가?"

제갈천은 자칫 욕설을 뱉을 뻔했다. 책사는 저들에게도 있다. 마교의 수석 군사 마갈은 결코 자신에 뒤지지 않는 인물이다.

구존이 들고 있던 검을 빙글빙글 돌리며 말을 받았다.

"또한 전선의 적 중 절반 가까이는 마교도가 아니라 흡수된 어중이떠중이들이야. 그런 놈들을 상대로 이렇게밖에 할 수 없다니, 한심하군."

계속되는 모욕에 제갈천은 이가 갈렸다. 하지만 참을

수밖에. 그것이 바로 강호의 법칙이다. 가슴속에서 이는 천불은 나중에 수하들에게 풀면 된다.

"절반이 아니라 이 할에서 삼 할 정도로 보입니다. 그리고 마교도들과 적절히 섞여 있고, 어중이떠중이라 불릴 만큼 오합지졸도 아닙니다. 또한 그들은 무리한 공격보다는 자리를 지키는 역할에 충실하면서……."

구존이 어이없다는 표정으로 말을 끊었다.

"지금 자네, 적의 책사를 칭찬하는 건가? 그 말은 자네의 무능을 인정하는 것으로 들리는데?"

제갈천은 구존의 말을 귓등으로 흘리면서 급히 전선의 한 곳을 향해 지원하라는 명을 내렸다. 구존이 키득거리며 비아냥거렸다.

"크크큭, 여전히 현상 유지에 급급하군. 슬슬 지겨워지는데."

"……."

"이해가 안 된단 말이지. 우리가 나가서 마교주가 있는 곳까지 돌파하면 끝날 일인데……."

처음으로 제갈천이 그들의 말을 끊었다.

"마교주와 그의 측근들이 아직 움직이지 않고 있습니다. 제가 이미 말씀드렸듯이 그들보다 천존들께서 먼저 움직이면 우리가 불리해집니다. 수를 읽히게 되니까요. 아시겠지만, 이런 대규모 전투는 작은 실수로도 돌이킬 수 없는 결과를 초래할 수 있습니다."

삼존이 눈을 빛내며 질문은 던졌다.

"수를 읽히면 어떤가?"

제갈천이 당황하며 눈을 껌뻑거렸다.

"예?"

"말했잖아. 그냥 돌파하고 쓸어버리면 되지."

천존의 호기로운 말에 제갈천이 고개를 도리질 쳤다.

"대규모 전투에선 생각처럼 돌파가 쉽지 않습니다. 또한 마교주는 절대고수에 들어섰고, 측근 장로들도 예상보다 훨씬 강합니다. 그들이 천존님들보다 나중에 움직이면 곤경에 처하기 쉽습니다."

제갈천은 작년 여름의 패배를 똑똑하게 기억하고 있었다. 그는 무저갱의 괴물들만 쓸어버리면 다음 전투가 훨씬 수월할 거라고 판단했다. 그래서 무저갱의 괴물들에 집중했다.

하지만 전투의 막바지.

정파의 모두가 뿔뿔이 흩어져 도망칠 때 미리 빠져나와 있던 자신은 어느 산등성이에서 우연히 놀라운 장면을 목격했다.

자신들을 구하려고 나타난 남궁세가와 개방, 화산의 정예들. 그들 중 화산의 매화단이 자신이 있는 산으로 들어왔다.

그때, 뇌황은 수하들을 물리고 마교의 장로들 일백여 명과 함께 나섰다.

제갈천은 고개를 갸웃거리면서도 안력을 돋워 그 상황을 유심히 살폈다. 마교의 장로들은 수하들 틈 속에 섞여 싸우는 모습만 보였는데, 저렇게 한데 뭉쳐 움직이는 것은 처음이었기에.

제갈천은 뇌황이 장로들과 뭔가를 실전에서 시험한다는 느낌을 받았다.

그리고 그는 충격에 휩싸였다.

뇌황이 '아수라 대라멸진(阿修羅大羅滅陣)'이라 외치니, 일백여 마교 장로들이 동시에 공격을 퍼부었는데, 매화단은 그야말로 삽시간에 초토화되고 만 것이다.

물론 그 이야기를 지금 옆에 있는 천존들에게도 전해주었다. 그러나 천존들은 피식 실소만 흘렸다.

그래봤자 호신강기로 몸을 보호하고 달려들어 모조리 죽여 버리면 된다며.

천존들은 절대고수.

별 타격을 입지 않을 수도 있다. 하지만 그렇지 않다면?

재앙이 도래할 것이다. 정파의 세상은 끝장날 것이다.

그렇기에 제갈천은 신중해야 했다. 천존들이 아무리 모욕을 주더라도 참아야 했다. 자존심 때문에 정파를 무너

뜨릴 수는 없으니까.

구존이 짜증난다는 듯이 발로 바닥을 몇 차례 쾅쾅, 치다가 말했다.

"그래서 언제까지 우리가 이리 구경만 해야 한단 말인가!"

제갈천은 전선을 살피며 무겁게 답했다.

"마교주 뇌황이 먼저 움직일 때까지. 그가 전선에 나와 정신없이 싸울 때, 두 분께서 스무 명의 십지와 함께 최대한 빠르게 그를 죽이는 것이 최선입니다."

구존이 차가운 눈빛으로 물었다.

"그전에 우리 전선이 무너지면?"

그리되면 대규모 피해를 면할 수 없다.

"최선을 다해 버틸 것입니다. 마교주가 먼저 움직일 때까지."

구존이 콧방귀를 뀌었다.

"흥! 모든 건 때가 있는 법이다. 때를 놓치면 아무리 우리라도 대세를 거스르기 힘들다."

"압니다."

"안다? 크크큭, 좋아. 기왕 기다린 거, 계속 믿어보지. 하지만 네 실수나 오판으로 우리의 전선이 붕괴된다면…… 내 칼은 적보다 네 목부터 치게 될 거다."

제갈천은 심호흡을 하며 고개를 끄덕였다.

"뇌황은 오래 참지 못할 겁니다. 사육주보다 먼저 승리하고 무림맹 총타에 입성하고 싶을 테니까요. 그래야 패왕의 별이란 명성에 더 다가설 수 있으니 말입니다. 결국 이 전투는 인내의 싸움. 나중에 움직이는 쪽에 승리가 주어질 겁니다. 그리고 분명! 뇌황이 먼저 움직일 겁니다."

*　　　　*　　　　*

천마신교의 수석 군사, 마갈.

그는 전방에서 허공을 뒤흔드는 함성과 비명을 들으면서 비릿한 미소를 짓고 있었다.

"후후후, 제갈천 총군사. 병력 운용을 생각보다 제법 잘 꾸리는구나. 작년 여름엔 전공에 눈이 뒤집혀 억지를 부리더니."

그의 곁, 단 위에 태사의를 놓고 앉아 있던 뇌황이 전선에서 눈을 떼고 마갈을 보았다.

"자네 예상대로군."

십천백지가 움직이지 않는다는 말이었다. 마갈의 미소가 짙어졌다.

"예. 그래서 작년에 아수라 대라멸진을 보여준 것이니까요. 제갈천은 그것을 경계하느라 진짜배기 전력을 쉽게 움직이지 못할 겁니다."

"솔직히 난 이해가 안 돼. 십천백지가 먼저 움직이게 하려면 굳이 아수라 대라멸진을 보여줄 이유가 없었잖나?"

마갈이 눈을 빛내며 미소를 흘렸다.

"처음부터 저들이 전면에 나서면 교주님께서도 최전선에 서셔야 합니다. 그리되면 우리 고수들의 피해도 커질 수밖에 없습니다."

"……"

"늘 말씀드리지만, 최후의 전투가 끝날 때까지 고수들을 최대한 보존하는 것이 중요합니다."

마갈이 겸지로 앞의 전장을 가리키며 말을 이었다.

"저런 소모품들이야 언제든지 구할 수 있지만, 고수는 다르니까요. 잊지 마십시오. 우리는 사육주, 그리고 절강성과 사천성의 정파인들도 고려해야 합니다. 더불어…… 우리 등 뒤에서 호시탐탐 기회를 노릴 천마검도 있습니다."

뇌황은 피비린내 나는 전장을 보며 잠깐 하품을 하다가 천마검 얘기가 나오자 침을 삼켰다.

"흠흠, 그래, 자네 말이 옳아."

"예. 지금은 휴식을 취하십시오. 제갈천은 마지막 기회란 생각에 신중에 신중을 기할 테니, 쉽게 움직이지 않을 겁니다."

당분간 지금처럼 지루한 공방전이 계속될 거라는 얘기였다.

"흐음, 얼마나 걸릴까?"

"글쎄요? 어쨌든 그건 중요한 게 아닙니다. 역설적으로 이번이 마지막 기회라는 제갈천의 초조함과 십천백지의 자존심. 결국 그것들이 저들을 먼저 움직이게 할 겁니다."

뇌황은 뭔가 마뜩찮다는 얼굴로 대꾸했다.

"인내의 싸움이라……. 결국 무림맹 총타 입성은 사오주, 아니, 사육주에게 넘겨줘야 하나?"

마갈이 소리 없이 웃고는 부드럽게 말했다.

"뭐, 그들이 승리할지 패배할지는 아직 모르는 일이지요. 어쨌든 사육주가 승리하더라도 작은 영광 따위는 양보하십시오. 패왕의 별이란 자리는 최후의 승자가 거머쥐게 될 테니까요. 그리고 그러한 영광은 인내를 가진 자만이 차지할 수 있는 겁니다."

*   *   *

천마신교처럼 많은 군소 방파를 흡수한 사육주, 일만이천여 명. 그에 맞서 사존과 오존, 그리고 무림맹 총타와 대방파의 정예가 동원된 정파 구천여 명.

그들 역시 인원이 인원이다 보니 평야에서 대치했다.

그리고 평야에서의 대규모 전투는 대개 그렇듯 힘과 힘의 정면충돌이 가장 중요하다.

힘에서 밀려 전선이 무너지면 그것으로 전투는 한쪽으로 삽시간에 기울 수밖에 없었다.

물론 평원에서의 전투에도 다양한 책략이 동원될 수 있다. 하지만 힘에서 일방적으로 밀리는 경우엔 백약이 무효였다.

그런 점에서 문상 야월화는 자신의 사형인 손거문을 믿어 의심치 않았다. 지금까지 늘 그래왔듯 사형이 선두에서 적을 붕괴시키며 돌파할 것이다.

그럼 자신의 역할은 당황한 정파의 전선 중 취약한 곳을 재빨리 공략해 최단 시간에 회생 불능 상태로 만드는 것이었다.

"와아아아아아!"

양쪽에서 서로를 바라보며 거침없이 고함을 토해냈다. 대기를 끓게 하는 거대한 함성.

횡으로 길게 펼쳐진 전선의 최선두에 손거문이 있었다.

민소매를 입어 그의 두꺼운 팔뚝의 힘줄이 꿈틀거리는 것이 보였다.

손거문은 양팔을 펼쳤다.

오른손에 쥐어진 거도(巨刀)가 주입되는 기운을 감당하

지 못하고 부르릉 떨며 울음을 터트렸다.

"하아아아아."

천천히 들어가고 내쉬어지는 들숨과 날숨.

감고 있던 그의 눈이 열리자 번쩍하고 벼락같은 안광이 흘러나왔다.

손거문이 고개를 들어 좌우를 보았다.

녹림 총표파자를 비롯해 사파 여섯 방파의 수장이 각각의 수하들 앞에 서서 대기하고 있었다.

천웅문, 사룡문, 흑호문, 흑살궁, 고음교, 그리고 녹림.

손거문이 그들 중 대산 총표파자를 향해 미소를 지었다.

"총표파자가 내 옆에서 함께하니, 천군만마를 얻은 기분이오."

녹림십팔채는 녹림문이 되었다. 당연히 수장의 직함은 문주다. 하지만 많은 이들이 그러는 것처럼 손거문도 아직 그를 총표파자라 불렀다.

대산이 능글거리는 미소로 대꾸했다.

"계속해서 작은 승리만 주워 먹을 수는 없으니까."

"후후후, 오늘 전투 기대하겠소."

"오늘뿐만 아니라 전투가 끝날 때까지 무상 곁에서 힘을 보탤 터이니, 걱정 붙들어 매시오."

손거문의 미소가 짙어졌다.

"아니, 이 전투는 오늘 끝나오."

그의 말에 대산이 눈을 휘둥그레 떴다. 그가 고개를 돌려 조금 뒤에 서 있는 야월화에게 시선을 던졌다.

야월화도 당황했는지 멋쩍은 미소로 입을 열었다.

"사형, 갑자기 왜? 호호호, 이번 전투는 오늘 하루에 끝내기 어렵다니까요. 저들도 십천백지의 천존뿐만 아니라 정파의 고수들이 총동원됐으니……."

손거문의 웃음이 그녀의 말을 끊었다. 그의 내공 실린 대소가 사육주의 함성을 잠재웠다.

"하하하, 하하하하……."

길게 이어지는 그의 웃음은 정파인들의 고함까지 누그러뜨렸다.

손거문의 웃음이 천천히 잦아들었다. 그러더니 그가 대도를 들어 정파를 향해 가리켰다.

"들어라!"

그의 고함이 허공을 쩌렁쩌렁 울렸다. 공력을 실은 그의 고함이 이어졌다.

"도망치는 자는 살려준다."

정파인들의 얼굴에 어이없다는 기색의 실소가 터져 나왔다. 특히 십천백지의 사존과 오존은 격노한 표정으로 이를 갈았다.

"감히 버러지 같은 것이!"

"네놈이 하늘을 보지 못해 오만방자하구나. 오라! 오늘 진정한 하늘을 보여주마. 내 친히 네 목숨을 단번에 끊어주마!"

남궁세가의 가주, 검성 남궁성과 같은 정파의 명숙들도 노염에 찬 표정을 지었다.

하지만 손거문은 미소를 잃지 않고 수하들에게 호령했다.

"돌격한다. 그리고 앞을 막는 정파인들을 모조리 짓밟는다! 전원 나를 따르라!"

"우와아아아아!"

손거문이 앞으로 발을 내디뎠다.

쿵, 쿵, 쿵, 쿵, 쿵!

팔척 거구가 움직이며 굉음을 냈다. 그러다가 그가 뛰기 시작했다.

"와아아아아아!"

사육주가 대부분 뛰었다. 충돌 후 전선의 상태를 살피며 투입할 대기 병력은 고작 일천.

사실상 총력전이다.

일만 일천의 사육주 병력이 노도처럼 달려갔다.

반면, 정파는 고요했다.

숨 막힐 듯 다가오는 사파인들을 보며 호흡을 다스렸다.

그리고 선두의 손거문이 십여 장 거리까지 다가오자 십천백지의 사존이 빽! 고함쳤다.

"돌격하라!"

"와아아아아아!"

웅크리고 있던 정파인들도 마침내 함성을 지르며 앞으로 뛰었다.

3

사육주와 정파가 충돌하는 평원에서 삼십 리 떨어져 있는 마을의 한 객잔.

삼층을 통째로 빌린 한 노인이 팔짱을 낀 채 미소를 머금었다.

"드디어 무상을 손에 넣는 건가?"

배교주였다.

그는 작년 무상을 처음 봤을 때의 전율과 감동을 아직도 잊지 않고 있었다.

강시왕을 만들기 위한 최상의 재료.

하지만 좀처럼 기회를 잡을 수 없었다. 갑자기 그의 주변에 호위대가 편성됐다. 그것도 상당한 인원의 고수들로.

또한 좀처럼 군영 밖으로 나오지도 않았다. 어지간하면 근처의 마을에 술을 마시러 나올 만도 하건만.

그는 일상이 거의 똑같았다. 군영 안에서 일어나 잘 때까지 수련과 회의, 그리고 또 수련과 회의만 반복했다.

간혹 군소 방파를 복종시키기 위해 밖으로 나오기도 하지만, 워낙 대동하는 수하들이 많았다. 문파들과 충돌이라도 하면 그 소동 중에 몰래 접근해 볼 만도 하련만, 그런 것도 없었다.

손거문을 상대하는 이들은 그의 거대한 덩치와 전신에서 흘러나오는 기도에 대부분 압도되어 알아서 항복해 버렸던 것이다.

배교주는 앉아 있던 자리에서 일어나 창가로 움직였다. 열린 창밖으로 보이는 작은 산. 그 산을 넘어 삼십 리 떨어진 평원에서 손거문은 마지막 축제를 벌이고 있을 것이다.

"흐흐흐흐, 내 평생의 꿈이 눈앞에 다가오고 있구나."

놈을 얻는 대가로 대산 총표파자에게 원래의 대가보다 훨씬 많은 것을 지불해야 한다. 하지만 강시왕을 실현할 수만 있다면 무엇이 아깝겠는가.

또한 대산은 놈이 입버릇처럼 얘기하던 것처럼 될 것이다.

협력의 진정한 이름은 '이용'이라고.

놈은 그렇게 이용당하고 폐기 처분되리라.

창밖 허공을 바라보는 배교주의 잿빛 눈이 몽롱해졌다.

이제 남은 건 손거문을 납치하고 마쿠다 수석 장로와 방우가 주어진 임무를 완수하면 끝난다.

그의 유달리 길고 하얀 손가락이 창밖 허공으로 나왔다. 그 손가락들은 허공을 어루만지듯이 움직이다가 주먹을 말아 쥐었다.

"천하가 내 품 안으로 들어오는 게 느껴지는구나. 흐흐흐, 내가 패왕의 별이 되어 새로운 세상을 열리라. 삶은 짧고, 죽음은 영원하다. 하찮으면서 오만한 인간들은 죽음이란 안식이 주는 신비로움과 평화를 노래하며 겸손해질 것이고, 내 앞에서 모두 복종하리라."

*   *   *

바람이 살갗을 스치며 지나간다.

정파인들이 흉흉한 기세로 마주 달려오는 것을 보니 피가 끓는다.

오랜 세월 스스로에게만 최고의 자리를 허락한 정파인들. 오늘 다시 한 번 각인시켜 주마. 너희들의 그 건방진 선입견과 편견이 허상이었음을.

칼을 쥐지 않은 손거문의 왼손에 붉은 기운이 피어올랐다. 꽉 말아 쥔 그의 주먹에 어린 그 기운이 점차 용의 형상을 띠기 시작했다.

그러더니 그의 주먹이 앞을 향해 뻗어 나갔다.

콰아아아아아!

거대한 파공성.

용권풍(龍卷風).

정파인들 중 최선두로 치고 나온 십천백지의 사존이 눈을 치켜떴다.

다가오는 붉은 기운에 담긴 힘이 믿기 어려울 만큼 엄청나다는 것을 직감한 것이다.

그의 검이 다가오는 용의 형상을 향해 뻗어 나갔다.

콰아아아아아앙!

거대한 폭음이 허공을 울리고, 사존의 눈이 부릅떠졌다. 분명 검강을 피워 무상의 공격을 찔렀다.

그리고 폭발음과 함께 용의 형상이 흩어졌다. 하지만 그 붉은 기운은 계속해 짓쳐들어와 사존을 강타했다.

퍼엉!

"크윽!"

호신강기를 끌어 올린 사존이 신음을 흘리며 뒤로 밀려났다. 마치 누군가가 뒤에서 질질 끄는 것마냥 기다란 족적에 땅이 파였다.

사존은 절대고수다. 그런 그가 무려 십여 걸음을 물러났다.

충격!

사육주의 무상이 사신지경에 올랐다더니, 그의 힘이 이 정도였단 말인가.

손거문도 두 걸음을 뒤로 밀려났다. 상대의 검강이 용권풍을 부수면서 후폭풍이 자신에게도 덮쳐 온 것이다.

둘의 표정이 극명하게 갈렸다.

사존은 불신과 경악.

손거문은 웃음을 터트렸다.

"과연 절대고수. 좋구나!"

그가 사존을 향해 날듯이 덮쳤다. 그러자 사천의 십지들이 주인을 보호하기 위해 일제히 움직였다.

파파파파앗! 쇄애애애액!

사천 십지 중 다섯이 절정, 다섯이 초절정.

무지막지한 전력이다. 어지간한 대방파도 깨부술 수 있는 그 전력이 한 사람을 향해 검기와 검경을 난사했다.

퍼퍼퍼퍼어어엉!

손거문의 거대한 칼이 앞에 놓이며 공격을 방어했다. 그러더니 곧바로 십지들에게 뛰어들었다.

슈가아아앗, 쩡!

사천 삼지의 검과 손거문의 대도가 충돌했다. 그 순간, 삼지의 눈동자가 흔들리고 입이 쩍 벌어졌다.

검신을 타고 손아귀로 전해지는 강대한 힘.

이런 힘을 몇 번만 더 막았다간 손아귀가 찢어질 판이다. 아니, 그전에 몸이 이미 중심을 잃었다.

예상보다 훨씬 엄청난 힘에 그가 살짝 흔들리는데, 손거문의 대도가 벼락처럼 덮쳤다.

서걱.

삼지의 오른쪽 어깨 위로 파고든 대도가 왼쪽 옆구리로 빠져나왔다.

쏴아아아아.

그의 상반신이 대각선으로 갈라지며 피 분수가 뿜어져 나왔다.

전투 최초의 죽음.

손거문의 뒤를 거의 따라붙은 사파인들이 포효했다.

"와아아아아아!"

파파팟!

삼지가 죽는 순간, 십지 중 셋의 검이 손거문을 찔러 들어왔다. 하지만 손거문은 벌써 대도를 회수해 휘둘렀다.

째애앵!

충돌 직후 세 개의 검이 튕겨져 나갔다. 검의 주인들역시 뒤로 나동그라졌다. 누군가가 신음처럼 외쳤다.

"괴물!"

밀려났던 사존이 오존과 좌우에서 함께 달려들었다.

자존심?

최초의 충돌 때 깨달았다.

이 괴물 앞에서 자존심을 들먹였다간 죽게 되리란 것을.

지이이이잉.

두 천존이 쥐고 있는 검이 짙은 검강을 피워 올리며 거칠게 울어 댔다.

쇄애애애액.

두 천존의 검에서 무려 수백여 강기가 잇따라 폭사됐다. 그에 맞서 손거문이 미친 듯 대도를 휘둘렀다.

도막(刀幕).

퍼퍼퍼퍼퍼어어엉!

강기와 도막이 충돌하며 연신 폭음을 터트렸다.

쇄애애액! 파파파팟!

섬전처럼 빠른 쾌검이, 태산처럼 무거운 중검이 손거문을 좌우에서 때렸다.

쩌어어어어어엉!

찰나의 순간에 쾌검이 수십여 차례 손거문의 대도를 때렸다. 중검은 한 번이지만 거대한 힘으로 손거문을 압박했다.

그러나 손거문의 입가에서 미소가 사라지지 않았다. 눈을 빛내며 공세를 튕겨낸 그가 왼 주먹을 휘둘렀다.

콰아아아아아!

재차 작렬하는 용권풍!

오존의 이맛살이 잔뜩 일그러졌다. 그의 검이 짓쳐 드는 붉은 용을 베었다.

쇄애애액, 콰아아앙!

"크윽!"

오존이 뒤로 다섯 걸음을 주르륵 밀려났다. 동료인 사존이 당하는 것을 보고 단단히 준비한 덕분에 체면치레는 했다.

하지만 그는 무상이 한 걸음도 밀려나지 않고 오히려 자신을 향해 쏘아져 들어오는 모습을 보고 욕설을 뱉었다.

"젠장!"

대체 어디에서 저런 인간이 떨어졌단 말인가. 자신들은 하늘이다. 그런데 하늘을 상대로 이렇게 말도 안 되는 무력을 펼치는 괴물이 있다니!

쾅! 쇄액!

그가 발을 구르며 뒤로 몸을 날렸고, 아슬아슬하게 대도가 그 빈 공간을 갈랐다.

손거문은 아쉬움을 곱씹을 틈도 없이 파고드는 십지들의 검을 피해 몸을 회전시켰다.

파파파팟. 쩽, 쩽쩽쩽!

그렇게 모든 공격을 회피했을 때, 하나의 칼이 예상하

지 못한 방향에서 불쑥 들어왔다. 바로 땅 밑에서 검이 솟구쳐 오른 것이다.

파앗!

손거문은 허벅지를 살짝 베이며 인상을 찌푸렸다.

사존의 이기어검술.

간발의 차이로 손거문을 놓친 사존이 검을 회수하며 으르렁거렸다.

"네놈은 반드시 죽여야겠다."

손거문이 찰나 아찔하다는 표정을 지었다가 정색했다.

"능력이 된다면 얼마든지."

하지만 손거문의 표정은 확실히 신중하게 변했다. 입가에 머물던 미소도 사라졌다.

태어나 최초의 경험.

경시하지 못할 최고의 실력자들이 합공해 달려드니, 결코 방심할 수 없음을 깨닫는 중이었다.

하지만 그는 다시 당당하게 앞으로 발을 내디뎠다.

그리고 드디어 정파인들과 사파인들이 충돌했다.

째애애애애애앵!

"으아아아아악!"

"죽여라! 공격하라!"

비명과 고함이 전선을 달궜다.

대산 총표파자가 손거문 쪽으로 다가오며 외쳤다.

"무상, 내가 돕겠소!"

또 한 명의 절대고수 합류.

애초에 이 근방은 아무나 접근할 수 없었다.

절정부터 절대고수들이 펼치는 격렬한 전투.

허공을 스치는 검기나 권격에 부상을 입을 수도 있었다. 또한 괜한 개입으로 오히려 아군을 어렵게 만들 수도 있고.

쇄애애액, 파파파팟!

손거문의 좌측으로 쇄도하는 십지의 검들.

쨍쨍쨍쨍!

대산이 그 검들을 후려치며 손거문 옆에 섰다.

손거문의 입가에 사라졌던 미소가 다시 어렸다. 전투 전에 절반은 농담조로 한 말이 현실이 된 것이다.

대산 총표파자의 합류는 확실히 천군만마였다.

멀찍이 뒤에서 지켜보던 문상 야월화가 자신도 모르게 진저리를 쳤다.

갑자기 오한이 들 정도의 떨림.

심안의 본격 발동이다.

야월화는 빨라지는 호흡을 다스리며 손거문의 일거수일투족에 주목했다.

"뭐지? 왜 이렇게 불안한 거지?"

물론 조금 전 천존의 이기어검술이 상당히 위협적이기는 했다. 하지만 그녀는 사형을 굳게 믿고 있었다.

사형이라면 저들을 제거하고 결국 승리를 거머쥘 거라고. 또한 지금은 사형 혼자서 정파인들의 최고수들을 무더기로 상대하고 있지만, 곧 사파의 고수들이 합류하면 상황이 달라질 것이다.

사형이 적의 최고수들을 이십여 명이나 홀로 잡아둔다면 전선은 자신들에게 훨씬 유리해진다. 그렇게 전선을 압박해 뚫게 되면 정파의 최고수들도 평정을 잃을 수밖에 없다.

바로 그 순간에 사형은 십천백지의 두 천존과 십지들의 목숨 줄을 거머쥐게 될 것이다.

이것이 그녀의 계획이었다.

예상보다 십천백지, 두 개의 하늘과 이십여 개의 땅이 보여주는 협공이 상당했다. 하지만 이렇게까지 불안하지는 않았는데, 대산 총표파자가 사형을 도우러 합류하는 순간 심안이 발동했다.

"대체 왜?"

이해가 되지 않았다.

절대고수인 대산의 합류로 긴장한 마음을 조금 놓을 수 있어야 정상이었다. 그런데 심안이 발동해 불안함을 증폭시키고 있었다.

야월화는 입술을 깨물었다.

혹시 대산 총표파자가 배신을?

아니다. 그럴 리가 없다.

총표파자가 전투 중에 사형을 해코지한다면 승리는 물 건너간다. 당장 총표파자도 위험에 빠지게 될 것이다. 그런데 왜 그가 사형에게 해코지를 하겠는가.

그럼 혹시 둘이 협공하면서 문제가 생기는 것일까?

야월화의 고개가 위아래로 끄덕거려졌다.

그럴 가능성이 있다.

사형은 총표파자와 손발을 맞춰 협공을 한 경험이 없으니까. 물론 절대고수이니 즉석에서 맞춰 움직일 수도 있겠지만, 사소한 실수가 치명적인 결과를 초래할 가능성은 얼마든지 있었다.

그녀는 자신의 곁에서 호위를 서고 있는 흑수륵을 불렀다.

"흑살대주."

초절정을 바라보고 있는 절정의 고수로, 사육주 최강의 전투 부대인 흑살대의 대주.

사실 그는 전투가 아닌 호위를 서기엔 아까운 인물이다. 하지만 손거문은 이번 전투에서 흑수륵을 과감히 빼서 야월화의 호위를 맡겼다.

혹시 정파인들 중 고수 일부가 그녀를 노릴 것을 저어

한 것이다.

흑수륵이 긴장한 표정으로 전선을 보다가 답했다.

"예, 무슨 일이십니까?"

"무상에게 가주세요."

흑수륵의 얼굴이 당혹감으로 젖어들었다. 그도 그럴만한 것이, 지금껏 잘 싸우고 있고, 대산 총표파자까지 합류했으니까.

"예?"

"무상과 대산 총표파자에게 전해 주세요. 두 사람은 가까이 있지 말라고."

흑수륵은 말문을 잃었다.

이 무슨 해괴한 명령인가.

그러고 보니 문상의 안색이 좋지 않았다.

몸이 어디 불편한 것일까?

또한 지금은 전선을 살펴야 하는데 그것에는 관심도 없는 것처럼 보였다. 이래서야 직무 유기다.

"두 사람은 손발을 맞춰본 경험이 없잖아요."

흑수륵은 한숨을 삼키고 앞의 전선을 보며 대꾸했다.

"저분들의 무공은 문상의 예상으로 판단할 수준이 아닙니다."

"하지만……."

흑수륵이 그녀의 말을 끊었다.

"문상, 지금 문상께서 하실 일은 전선을 살피며 적절한 지시를 내리는 겁니다. 괜한 걱정은 사기를 떨어트릴 수 있다는 것을 명심해 주십시오."

흑수륵은 말을 하면서도 어이가 없었다. 늘 명석하던 문상이 갑자기 이리 멍청한 모습을 보이다니. 순간, 그의 뇌리로 한 가지 생각이 스쳤다.

바로 그 생각을 야월화가 말했다.

"제 심안이 발동했어요."

"……!"

그녀의 심안에 대해 알고 있는 극소수의 인물 중 하나가 바로 흑수륵이다.

흑수륵은 곤혹스런 표정으로 입술을 잘근잘근 깨물었다.

심안이라는 것 자체가 그냥 느낌인 것이다. 단지 그 느낌이 꽤 정확하다는 것뿐.

"하지만…… 보십시오. 보셨습니까? 방금 두 분이 멋진 합격으로 한 명을 잡았습니다."

흑수륵의 말마따나 십지 중 한 명이 방금 죽었다.

흑수륵이 말을 이었다.

"이번 심안은…… 뭔가 착오가 있는 게 아닐까요? 워낙 중요한 전투다 보니 문상께서 과민한 것인지도……."

야월화의 단단하던 표정이 흐려졌다. 그녀도 사형과 대

산의 합격을 보고 있었다.

과연 절대고수들이랄까.

손발을 맞춰본 적도 없는데, 십천백지를 상대로 계속 밀어붙이고 있었다. 그야말로 환상의 합격술이라 할 만했다.

야월화가 입술을 깨물며 뭐라 말하지 못하자 흑수륵이 미소를 머금었다.

"그동안 피로가 누적되어서 그런가 봅니다. 그래도 지금은 힘을 내주십시오. 제가 보기에도 전선의 저쪽과 저쪽은……."

야월화는 흑수륵이 손가락으로 가리키는 방향의 전선을 보았다. 한쪽은 위태롭고, 한쪽은 몰아붙이고 있었다.

전력을 배분할 필요가 있었다.

그녀가 지시를 내리려다가 흠칫 몸을 떨었다. 그러더니 그녀의 눈이 다시 손거문과 대산에게 향했다.

흑수륵이 그녀의 시선을 쫓고는 한숨을 흘렸다.

"문상, 무상은 총표파자와 저리 잘……."

야월화가 고개를 저었다.

"너무 잘 맞아요."

"예?"

"아무리 절대고수의 경지와 실력을 제가 모른다고 해도 이것 하나는 알겠어요. 저 합격술…… 너무 완벽해요."

"……."

"마치 한 사람이 다른 한 사람의 무공을 오랫동안 분석하면서 맞춘 것처럼. 마치 이런 상황을 예견하고 준비한 것 같잖아요? 저건 즉흥적으로 할 수 있는 수준이 아니에요."

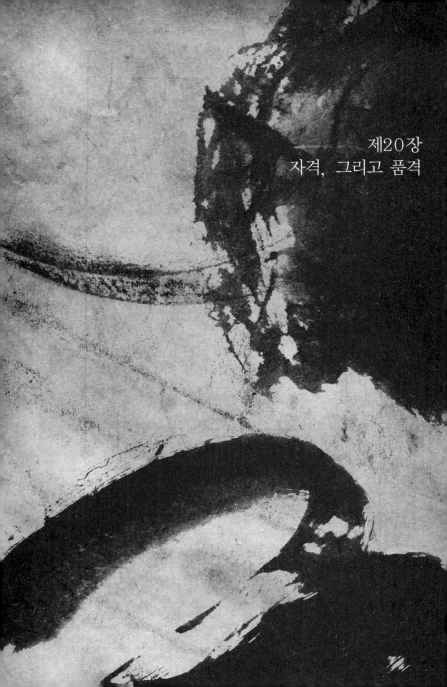

제20장
자격, 그리고 품격

1

문상 야월화의 지적에 흑수륵은 흠칫 놀랐다. 그저 무상과 총표파자가 잘 대처하고 있다고만 생각했는데, 문상의 말을 듣고 다시 살펴보니 의심스러운 구석이 느껴졌다.

하지만…… 아무리 생각해도 작금의 상황에서 총표파자가 배신할 가능성은 없었다.

"문상, 확실히 총표파자가 무상의 싸움을 눈여겨봐 왔고, 그에 맞춰 합격할 때를 대비해 수련한 것 같습니다. 하지만 그것만으로 총표파자를 배신자로 취급하는 것은 위험하다는 생각이 듭니다. 그가 미치지 않고서야 전투 중에 배신할 리가 없지 않습니까?"

그의 말마따나 지금 총표파자가 무상을 배신하면 전투는 패할 것이고, 사파 전체가 공멸하게 된다. 그렇다고 총표파자가 정파와 손을 잡았다고 생각하는 건 지나치게 과한 억측이고.

"그, 그건 그렇지만……."

야월화는 입술을 질끈 깨물며 말꼬리를 흐렸다.

작년, 십천백지의 등장과 전격적인 무림맹 합류.

총표파자는 십천백지의 절대고수들을 감안해 무상과의 합격을 몰래 대비해 왔는지도 모른다. 그리고 그건 질책할 일이 아니라 철저한 준비성을 칭송하며 반겨야 할 일이다.

하지만 그녀는 자신의 심안을 전적으로 신뢰했다.

평소 총표파자만 보면 발동되는 심안. 그 심안이 지금 매우 격렬하게 자신을 압박하고 있었다. 위험하다는 신호를 끊임없이 보내고 있었다.

흑수륵의 눈이 가늘어졌다.

"문상, 그 심안 말입니다. 얼마나 믿을 수 있는 겁니까?"

야월화의 아미가 일그러졌다.

"무슨 말을 하고 싶은 거죠?"

"심안이란 크게 두 가지 특징이 있다고 알고 있습니다. 무공의 성격을 파악하는 것과 위기를 감지하는 능력. 맞지요?"

"그, 그래요."

"지금 무공의 성격을 파악하는 것은 별 의미가 없으니 위기를 감지하고 발동됐다고 봐야겠지요. 그런데 그 위기란 것이…… 꼭 무상의 안위에만 해당되는 겁니까? 그렇다고 확신할 수 있습니까?"

"……!"

야월화의 눈동자가 흔들리자 흑수륵이 빙그레 미소 지었다.

"역시 아니군요."

"……."

"지금은 전투 중입니다. 또한 전선은 매우 치열한 상황이지요. 그런데 문상께서는 전장을 두루 살피는 것보다 무상께 더 집착하고 있습니다. 혹시, 문상의 그런 태도가 심안을 발동시킨 게 아닐까요? 전투의 지휘를 맡아야 할 문상께서 그런……."

야월화가 발끈했다.

"저는 지금 이 순간에도 전장을 살피고 있어요."

흑수륵은 대꾸하지 않았다. 단지 쓴웃음만 머금었다.

문상 야월화는 조금 전 자신이 언급한 두 곳에 아직까지도 전력 배분을 하고 있지 않았다.

다행히 그곳에 있는 장수들이 기민하게 대처했지만, 지

휘자인 문상이 계속 이런 태도를 고집한다면 결국 문제가 발생할 공산이 컸다.

야월화는 대기하고 있는 무사들 중 이백여 명을 전선으로 적절히 투입한 후, 흑수륵에게 말했다.

"흑살대주, 이제 와 말하는데, 나는 총표파자만 보면 심안이 발동해요. 그는 믿을 수 없는 인물이에요."

흑수륵은 한숨을 천천히 뱉었다. 전투가 한창인데 지휘자가 계속 위험한 발언을 하고 있었다.

"문상과 총표파자의 사이가 좋지 않다는 것은 모두가 알고 있습니다. 두 분이 만날 때마다 티격태격하는 것은……"

야월화가 짜증스러운 어조로 말을 끊었다.

"사이가 좋지 않다고 심안이 발동되지는 않아요. 심안은 위험하다고 알려주는 거라고요. 그리고 지금은 특히……"

그녀는 말을 끝맺지 못했다. 심안에 대해 계속 언급해 봤자 흑살대주는 무상보다 전투에 집중하라고 반박할 테니까. 스스로의 책무에 태만했기에 심안이 발동됐다고 할 테니까.

이래서는 대화의 주도권을 가져올 수 없다.

책사인 자신이 열혈 무사에게 밀려서야 말이 되는가! 다른 방식으로 접근해 설득해야 한다.

사랑하는 사형의 안위가 걸린 문제라 지나치게 흥분했다.

흥분을 가라앉히고 차분하게.

책사답게.

흑살대주는 치열하게 격돌하는 전선을 보며 입을 열었다.

"저는 무상을 믿습니다. 그리고 저곳에서 이 순간 치열하게 싸우고 있는 사파의 동료들도 무상을 전적으로 신뢰하고 있지요."

그가 시선을 야월화에게 돌려 직시하며 말을 이었다.

"문상께서도 무상을 더 믿어주시면 안 되겠습니까? 전투가 한창인데 아군을 의심하는 건 백해무익합니다. 다시 말씀드리지만, 총표파자가 배신할 이유가 없습니다. 그랬다가는 전투는 패하고, 우리는 공멸하게 됩니다."

야월화는 전장을 보며 잠시 침묵하다가 입을 열었다.

"총표파자가 배신할 이유가 없다고 했나요?"

흑수륵은 고개를 절레절레 저었다.

책사 특유의 고집을 피울 때가 아닌데…….

야월화는 눈을 빛내며 말을 이었다.

"무상이 쓰러지면 어떻게 될까요? 전투는 앞으로도 계속될 테고, 누군가 무상의 역할을 대신해야 합니다. 그렇지 않으면 우리의 사기는 진창에 빠져 벗어날 수 없을 테니까. 그럼 과연 그 역할을 누가 할 수 있을까요?"

"······!"

흑수륵의 눈동자가 흔들렸다. 그가 자신도 모르게 거친 호흡을 터트렸다. 야월화가 계속 말했다

"대산 총표파자. 절대고수인 그가 자연스럽게 뒤를 잇게 되겠죠. 녹림을 제외한 사오주가 반대해도 이건 어쩔 수 없어요. 왜냐하면 지금까지 우리의 승리 공식은 한 명의 절대고수가 선두에서 치고 나가며 사기를 진작시키는 것이었으니까. 그 역할을 할 사람이 없으면 수하들은 불안에 떨게 됩니다. 그 불안은 사기 저하로 이어질 테고요. 그래서는 향후 마교나 남은 정파를 상대로 승리하기 어렵다는 건 자명하죠."

"······."

"그렇게 대산 총표파자는 사육주의 실질적인 지도자로 부상하게 되겠지요. 녹림은 지금까지 붙어 다니는 산적이란 오명을 떼고 사파의 실세가 될 테고요."

"으음······ 그리된다면 녹림도들이 꿈꿔오던 완벽한 신분 세탁이 되겠군요."

"대주는 녹림도들이, 산적 따위가 우리의 대표가 되는 것을 받아들일 수 있나요? 그들이 그럴 자격이 있다고 생각해요?"

"그건 아닙니다. 하지만······."

야월화는 흑수륵이 반박하려는 말을 안다는 듯이 곧바로 말을 받았다.

"물론 당신의 말마따나 전투가 한창인데 그가 배신할 리는 없어요. 하지만…… 전투의 결과에 영향을 주지 않을 때를 노린다면? 승리가 확정적일 때 말이에요. 승리에 도취되어 경각심이 무뎌졌을 때, 무상이 없어도 승부가 뒤집힐 공산이 없을 때."

흑수륵은 신음을 흘리며 중얼거렸다.

"승리가 확정적인 전투 막바지에…… 몰래 무상을 암살한다는 말입니까?"

"내 심안과 책사로서의 판단은 그렇다고 말하고 있어요."

"……"

"물론 방금 내가 한 말들이 기우일 수도 있죠. 그러나……."

야월화는 전장에서 시선을 떼고 흑수륵을 정면으로 보며 말했다.

"고인이 된 무림서생이 종종 이런 말을 했다죠? 최악의 경우를 대비해야 한다고. 내 생각도 마찬가지예요. 무상이 위험해질 가능성이 조금이라도 있다면 대비하는 게 옳지 않겠어요? 내가 무상을 사랑하는 만큼 무상을 향한 당신의 존경심도 못지않다면."

흑수록의 눈빛이 뜨거워졌다. 그는 한차례 심호흡을 하고 물었다.

"제가 무엇을 하면 됩니까?"

야월화가 다시 시선을 앞으로 두며 미소 지었다.

"간단해요. 전투가 막바지로 치닫는다 싶으면 당신이 곧바로 호위대를 이끌고 무상 곁으로 가면 됩니다. 그리고 그분과 총표파자를 지켜보세요. 보는 눈이 있으면 암습을 할 수 없을 테니까."

"알겠습니다."

"명심해야 할 점은 녹림도들이 당신의 진입을 자연스럽게 방해하려는 시도를 할 수 있다는 것이에요."

"그런 경우엔 무력으로라도……."

야월화가 고개를 저었다.

"저들에게 괜한 꼬투리를 잡힐 필요는 없어요. 그냥 내가 전하는 긴급한 정보가 있다고 말하세요. 그렇게 말하는데 어떻게 방해할 수 있겠어요."

콰아아앙!

"으아아악!"

손거문의 용권풍에 휘말린 십지 중 한 명이 비명을 지르며 나자빠졌다. 이로써 사천과 오천의 십지 스무 명 중에서 여섯이 전력에서 이탈했다.

사존의 눈에서 흉포한 기운이 폭발했다. 그가 이를 바드득 갈았다.

"괴물 같은 놈!"

전선을 따라 고함과 비명이 난무했지만, 이 주변만큼은 일시 소음이 멎었다.

벌써 반 시진 가깝게 전력으로 격돌했다. 단내 나는 입에서 거친 숨이 연이어 흘러나오고, 뜨겁게 달궈진 몸에서도 아지랑이가 피어올랐다.

"하아아, 하아아……."

대산은 호흡을 고르며 자신의 옆으로 이 장 거리 떨어져 있는 손거문을 흘낏 보았다.

십천백지가 손거문을 향해 괴물이라고 부르고 있는데, 자신이 생각해도 그 표현이 어울렸다.

함께 붙어서 싸워보니 손거문의 무위가 얼마나 엄청난지 절절하게 느껴졌다.

이놈은 진짜 괴물이다!

자신뿐만 아니라 상대인 천존들도 지쳐 가는 기색이 역력했다. 그런데 무상은 땀을 조금 흘리는 것이 전부였다.

지친 기색은커녕 눈빛과 표정에서 자신감이 넘쳤다.

대산의 눈에 기광이 스쳤다.

배교로부터 막대한 보상을 받기로 한 대가로 이놈을 넘겨야 하는 이유 말고도 또 다른 이유가 생겼다.

무상을 제거하지 않으면 자신은 결코 패왕의 별에 오를 수 없다. 평생 무상의 곁다리로 살다가 죽게 될 것이리라.

반 시진의 격렬한 전투 중 처음 생겨난 잠깐의 소강상태.

손거문은 십천백지를 견제하면서도 전선 전체를 훑어보는 여유를 부렸다. 그에 다시 사존이 욕설을 뱉었다.

"놈! 우리에게나 집중해라. 그러지 않으면 네 목은 한순간에 날아갈……."

손거문이 엷은 미소로 그의 말을 끊었다.

"한심해. 스스로 하늘이라고 떠들더니, 수하들의 힘을 빌리지 않고는 못 덤비는 거냐?"

사존과 오존의 얼굴이 동시에 구겨졌다. 모욕적인 말이지만, 딱히 반박할 대거리가 없었다. 그렇다고 네놈이 워낙 엄청나니 어쩔 수 없다고 할 수도 없잖은가.

손거문은 소매로 이마의 땀을 한차례 훔치고는 대산을 보았다.

"총표파자."

"말하시오, 무상."

"언제까지 그렇게 소극적으로 할 거요? 아니, 안정적으로 대처하는 거라고 해야 하나?"

"……."

"나한테 맞춰주는 건 고마운 일인데, 이래서야 진도가

안 나가지. 치고 나가야 할 때에도 당신이 너무 신중하니 혼자 나갈 수가 없잖소."

대산은 기가 막힌 표정을 지었다. 그뿐만 아니라 십천백지의 고수들도 마찬가지였다. 대산이 물었다.

"치고 나갈 순간이 있기나 했소?"

어이가 없었다.

십천백지의 절대고수 두 명과 십지 고수들의 쉴 새 없이 쏟아지는 공격을 받아내는 건 결코 쉽지 않았다. 아니, 지독하게 어려웠다.

손거문이 씩 미소 지었다.

"없으면 만들어야지. 그래야 절대고수라 불릴 자격이 있는 거지."

"……."

대산은 대꾸도 못하고 양 볼을 씰룩거렸다. 지금 손거문은 십천백지의 두 천존과 자신을 뭉뚱그려 절대고수라 불릴 자격이 있느냐고 도발하고 있는 것이다.

손거문의 말이 이어졌다.

"여기저기에서 절대고수란 자들이 기어 나오고 있지. 하지만 진짜 절대고수라 불릴 자격이 있는 자는 최후의 한 명뿐이오."

"……."

"그리고 그 인물이 패왕의 별이 되겠지."

대산은 꽉 깨문 입술을 열었다.

"그 한 명의 주인공이 당신이라는 건가?"

손거문의 얼굴 전체로 소리 없는 웃음의 파도가 퍼져 나갔다.

사존과 오존이 버럭 성을 냈다. 그러나 손거문은 그들의 욕설을 귓등으로 흘리며 대산에게 말했다.

"당신도 패왕의 별을 꿈꾸고 있다면……."

"……."

"나아가야 하지 않겠소? 상대가 강하다고 위축되어서야 어찌 천하를 꿈꾸고 패왕의 별을 바라겠소?"

대산이 결국 발끈했다.

"내가 언제 위축되었다고……."

손거문이 그의 말을 끊었다.

"그럼 함께 가봅시다, 총표파자."

"……!"

"이보다 더 큰 싸움이, 그리고 더 어려운 전투가 있을 거요. 그때마다 지금처럼 서로 뭉쳐서 돌파해 봅시다."

"흥! 네가 패왕의 별이 되는 길목에서 내가 거름이 되라는 말이냐?"

대산은 말을 끝내기 무섭게 속으로 아차 싶었다. 놈이 너무 번지르한 말을 내뱉으니 발끈해서 속내를 털어놓고 말았다.

손거문이 크게 웃었다.

"하하하하! 우리가 최후의 승자로 우뚝 섰을 때, 만약 당신의 전공이 나보다 높으면 내가 물러나야지."

"······!"

"전우끼리 싸울 수는 없잖소."

대산의 눈동자가 흔들렸다.

손거문, 이 사내.

지금 진심으로 말하고 있었다.

전장에서 생사고락을 함께하는 전우로서 얘기하고 있었다. 서로를 믿고 끝까지 같이 가자고 부탁하고 있었다.

대산의 흉중에서 뭔가가 울컥 치밀어 오르는데, 손거문이 말했다.

"그럼 함께 가봅시다. 뒤처지면 두고 갈 테니까."

그 말을 끝내기 무섭게 손거문이 발로 땅을 쿵, 하니 내려쳤다.

파아앗!

팔 척의 거구가 바람처럼 앞으로 튕겨 나갔다.

극성의 이형환위!

어지간한 무사라면 그 압도적인 빠름에 혼비백산했을 것이다. 그러나 손거문을 상대하는 건 십천백지의 고수들.

모두가 도검을 앞으로 뻗었다.

슈가가각!

손거문의 대도엔 어느새 붉은 용의 형상이 피어올라 있고, 그 적룡이 벼락을 토해냈다.

파파파파파아앗!

셀 수도 없는 강기 세례가 벼락처럼 뻗어 나갔다.

용검뇌(龍劍雷).

손거문이 익힌 무공 중 최고의 절기.

원래 검으로 구사하는 것이나 손거문은 자신의 성정에 맞춰 도로 펼쳐 냈다.

그걸 보는 모두가 눈을 치켜떴다.

거대한 기운이 사방에서 일렁거렸다. 허공의 공기마저 숨을 죽이고 납작 엎드린 듯했다. 그렇게 공간이 찰나 진공상태가 되었다.

쩌어어어엉! 콰아아아앙!

거대한 쇳소리와 폭음이 동시에 일었다.

"으아아아악!"

세 명의 십지가 비명을 지르며 고꾸라졌다. 서 있는 자들도 비틀거리며 허덕거렸다.

호신강기와 검막으로 용권뇌의 재앙을 피한 사존과 오존은 신음을 뱉었다.

"쿨럭."

"으음."

이건 정말이지 무지막지한 무공이었다.

자신들 정도 되는 고수가 전력으로 막았음에도 불구하고 진기가 진탕될 조짐을 보일 정도였다.

자신들이 이 정도면 십지들은 어떻겠는가.

사존과 오존이 눈을 부릅뜨며 아직까지 정신을 차리지 못한 채 고개를 흔드는 수하들을 보았다.

위험하다.

도와야 하는데 육체가 경련을 일으켰다. 찰나의 마비 상태.

사존과 오존이 숨을 들이켜며 손거문을 보았다. 이제 저 괴물이 대도로 수하들을 쓸어버릴 것이다.

"아!"

사존이 안도의 숨을 토해냈다.

손거문은 십지들의 지척까지 다가와서는 멈춰 서서 격한 숨을 고르고 있었다.

그럼 그렇지.

방금 그렇게 믿기지 않는 공력을 한순간에 폭발시켰는데 곧바로 움직인다면 사람이 아니다.

사존과 오존이 마비를 떨쳐 내고 움직이려는 순간, 손거문의 앞에 한 인영이 뚝 떨어졌다.

역시 이형환위의 수법으로 등장한 대산 총표파자가 빠르게 칼을 휘둘렀다.

"으아아악!"

"크으으윽!"

순식간에 다섯 명의 십지가 제대로 대처하지 못하고 목숨을 잃었다.

스무 명의 십지 중 이제 남은 인원은 고작 여섯.

찰나의 차이로 대산의 공격을 피한 그들은 사존과 오존 옆에 붙어 숨을 헐떡거렸다.

대산은 뒤돌아 손거문을 보았다.

"괜찮나?"

"하하하, 이 용검뇌란 것이 한순간에 공력을 너무 많이 잡아먹어서 잠깐 허해지는 부작용이 있소."

대산은 그의 옆으로 나란히 붙어 천존들을 견제하며 말했다.

"내가 곧바로 따라 나서지 않았다면 위험했다는 것 아나?"

정말 위험했다. 천존이 자신보다 빨리 움직였거나 십지 중 한 명이라도 용검뇌로부터 큰 타격을 받지 않았다면.

그리고…… 자신이 뒤에서 검으로 찔렀다면.

그랬다면 이 괴물도 피하지 못했을 것이다.

손거문이 싱긋 웃었다.

"왜 안 나서겠소?"

"……."

"전우잖소."

"……."

"자, 나는 이제 괜찮으니, 남은 저놈들을 함께 쓸어버립시다."

2

쨍쨍쨍, 째애애애애애앵!

길게 늘어선 전선을 따라 벌어지는 치열한 전투.

정파인과 사파인들은 이를 악물고 병장기를 휘둘렀다.

자신들이 담당하고 있는 전선이 붕괴되면 전체가 위험에 빠진다는 것을 잘 알기에 사력을 다해 싸웠다.

또한 그걸 알기에 근방의 아군이 위험해지면 굳이 뒤에서 전체를 살피는 책사의 지시가 없어도 알아서 서로 도움을 줬다.

정파인들 중 가장 눈부신 활약을 펼치고 있는 곳은 남궁세가였다.

천하제일검가(天下第一劍家)란 명성을 가진 가문답게 정예가 아닌 이들이 없었다. 또한 남궁세가의 금검단은 정파무림에서 한 손에 꼽히는 무력 단체였다.

비록 작년 마교와의 전투에서, 패해 도망가는 정파인들을 보호하다가 적지 않은 피해를 입었지만, 오히려 명성은 드높아졌다.

쩌어엉, 쩡쩡쩡!

창천룡 남궁수.

그도 아버지인 검성을 비롯해 남궁세가의 검사들과 함께 사육주와 맹렬히 충돌하고 있었다. 자신들과 충돌하고 있는 사파인들은 사육주의 한 축을 이루고 있는 흑호문이란 문파의 무사들이었다.

도검과 같은 칼보다는 기다란 창을 선호하는 이들이었는데, 창이란 무기가 갖는 길이의 장점 때문에 상대하기가 여간 까다롭지 않았다.

쨍쨍, 쩌엉!

남궁수는 짓쳐 드는 창을 검으로 쳐내고는 앞으로 발을 내디뎠다.

그가 흑호문도의 가슴에 검을 찔러 넣으려는 순간, 옆에서 장창이 불쑥 들어왔다.

파아아앗!

아찔한 순간, 남궁수의 눈동자가 흔들렸다. 그러나 그는 침착하게 고개를 옆으로 젖히며 창을 피하고, 노리던 흑호문도의 가슴에 끝내 검을 쑤셔 박았다.

푸욱.

"컥!"

흑호문도가 몸을 부르르 떨며 남궁수를 노려보았다.

남궁수는 재빨리 검을 회수하며 뒤로 물러났다. 이렇게

길게 대치한 전선에서 홀로 전진하다간 고립되어 죽기 딱 좋다.

그가 동료들 품으로 돌아와 다시 적들과 충돌하려는데, 뒤에서 누군가가 잡아끌었다.

"고생했다. 좀 쉬어라."

남궁세가의 대공자인 큰형, 남궁강이다.

대규모의 집단 간 전투.

난전이 펼쳐지지 않는 이상 모두가 싸우진 않는다.

내공과 체력을 고려해 선두에서 적과 싸우는 이들은 주기적으로 교체하는 것이 필수였다.

남궁수는 자신의 자리로 들어가는 남궁강을 보며 뒤로 물러났다.

땀이 비 오듯 쏟아졌다.

전투라는 것은 힘들다. 짧은 충돌로도 체력과 내공이 많이 소진될뿐더러 정신적인 소모도 만만치 않다.

하지만 남궁수는 이번 전투가 유독 힘들다고 느꼈다. 그리고 그 이유는 자신이 가장 잘 알고 있었다.

하나뿐인 벗, 천류영의 부고(訃告).

그 소식을 듣고는 며칠간 잠도 못 자고 제대로 먹지도 못했다. 지금이야 조금 나아졌지만, 대신 우울증이 심해졌다.

뭔가를 하다가도 멍해질 때가 많았다. 오죽했으면 아버

지로부터 이번 전투에서 빠지라는 말까지 들었을까.

남궁수는 거칠어진 호흡을 고르며 계속 물러나 가장 후위에 자리 잡았다.

"위험했어."

자책 어린 혼잣말.

방금 그는 죽을 뻔했다.

마지막으로 상대한 흑호문도의 바로 뒤에 있던 자가 뻗어낸 장창. 피하는 것이 조금만 늦었더라면 얼굴에 구멍이 뚫렸을 것이다.

문제는 그놈이 동료 뒤에 숨어 자신을 노리고 있다는 것을 알고 있었다는 점이다. 그런데 싸우다가 그의 존재를 잊고 만 것이다.

"휴우우우."

한숨이 절로 나왔다.

집중해도 모자랄 판국에 이렇게 자꾸 정신이 흐트러져서야⋯⋯. 이러다간 자신도 곧 벗을 따라 죽게 될 공산이컸다.

남궁수의 시선은 자연스럽게 두 쪽을 번갈아 보았다.

한쪽은 당연히 사문인 남궁세가가 담당하고 있는 전선이다.

나쁘지 않다. 아니, 좋다.

비록 흑호문이 사파에서 유명한 방파지만, 남궁세가의

명성에는 한참 못 미쳤다.

아버지인 검성은 흑호문을 밀어내며 진격할 수 있음에도 불구하고 전선을 유지하는 데 공을 들였다. 대신 어느 정도의 여유 병력을 근방의 동료들을 돕는 데 썼다.

"문제는 저쪽인데……."

남궁수는 미간을 좁히며 시선을 옮겼다.

기다란 전선의 가운데.

무상 손거문과 녹림의 총표파자, 그리고 십천백지의 경천동지할 격돌이 펼쳐지고 있는 곳이다.

남궁수는 십천백지의 두 천존을 탐탁지 않게 여겼다.

첫 대면 때 보여준 그들의 지독하게 오만한 성정은 역겨울 정도였다.

어디 자신만 그런 느낌을 받았겠는가.

하지만 그들의 무력이 절실한 정파였다.

저들이 미워도 제대로 된 활약을 해준다면 엎드려 절이라도 해야 할 판국이었다.

그런데…… 오늘 처음 본 무상 손거문이란 사내는 익히 소문으로 듣던 것보다 훨씬 강했다.

소름이 끼칠 정도로.

순간, 남궁수의 눈이 화등잔만큼 커졌다.

무상이 갑자기 벼락처럼 앞으로 치고 나왔다. 그의 대도에 어리는 거대한 적룡.

가슴이 답답하다 못해 뻐근해졌다. 저곳까지는 상당한 거리가 있는 데도 불구하고 거대한 기운이 느껴졌다. 마치 이 평야 전체가 그 힘에 노출된 것처럼.

남궁수뿐만 아니라 최전선에서 치열하게 싸우던 이들조차 그 힘을 느끼고는 일시 물러나서 살필 정도였다.

그리고…… 이어진 광경에 남궁수는 입을 쩍 벌렸다.

벼락같은 용의 기운에 십천백지의 고수들이 쓰러졌다.

그리고 녹림의 총표파자가 곧바로 따라와 십천백지의 고수들을 학살했다.

남궁수는 자신도 모르게 침을 삼켰다.

위험하다.

저곳은 이 전투의 성패가 달린 가장 중요한 전장이다. 그곳이 지금 밀리고 있는 것이다.

남궁세가의 가주 검성이 황급히 전선 뒤로 물러나서는 십천백지를 도우려 움직였다.

하지만 그의 발이 채 몇 걸음 움직이기도 전에 황당한 일이 벌어졌다.

십천백지의 천존인 사존.

그가 갑자기 빽! 고함을 질렀다.

"후퇴하라아아아아!"

오존이 공력을 실어서 사존의 고함을 받았다.

"십 리 뒤로 후퇴해 전열을 정비한다!"

남궁수는 부지불식간에 욕설을 뱉었다.

"미친!"

준비도 없이, 정말로 저들이 이대로 도망친다면 전선은 삽시간에 아수라장으로 변할 것이다.

누구나 다 아는 병법의 기초지만, 전투에서 사람이 가장 많이 죽는 경우는 대치해 싸울 때가 아니다. 한쪽이 패해서 도망칠 때다. 그리고 그 후퇴가 준비 없이 이루어진다면 재앙에 가깝게 된다.

검성도 걸음을 멈추고 중얼거리듯이 말했다.

"설마, 설마……."

안타깝게도 그 설마하던 일이 실제 일어났다.

사존과 오존이 휘하 호위들과 함께 맹렬히 뒤로 도망치고 있었다.

조금 전에 남궁수가 내뱉은 말이 정파인들 곳곳에서 튀어나왔다.

"미친!"

정파인의 가장 후위에서 전체를 살피며 지시를 내리던 무림맹 백현각의 책사들도 이 갑작스러운 상황에 어쩔 줄을 몰라 하며 발을 동동 굴렀다.

어떤 책사는 자신을 지나쳐 도주하는 천존을 향해 울먹이며 외쳤다.

"안 됩니다. 돌아오십시오오오!"

그의 처절한 외침은 사파인들이 내지르는 거대한 함성에 파묻혔다.

"와아아아아아아아!"

그야말로 천지를 뒤흔드는 고함이었다.

사기가 하늘 끝까지 충천된 사파인들이 아직 갈피를 잡지 못하고 혼돈에 빠진 정파인들을 짓밟았다.

그렇다.

그건 짓밟는 것이라고밖에 달리 표현할 방법이 없었다.

방금까지 팽팽하게 대치하며 싸우던 전선이라고는 믿을 수 없을 만큼 정파는 곳곳에서 무너져 내렸다.

마치 파도가 해변의 모래성을 삼키는 것 같았다.

"으아아악!"

"사, 살려……."

애달픈 비명이 사방에서 일었다. 그리고 그 비명을 사파인들의 함성이 삼켰다.

"우와아아아아!"

"다 쓸어버려라! 정파인들을 모조리 죽여라!"

"돌격하라! 돌격하라!"

사파는 하나의 목표로 대동단결했다.

전진!

반면, 정파는 공황에 빠졌다.

누군가는 버텨야 한다고 외쳤고, 어떤 이는 후퇴하라고

했다. 간부 중 누군가는 질서 있는 후퇴를 말했고, 어떤 문파의 수장은 죽기 살기로 싸워 정파의 혼을 보여주자며 울부짖었다.

"으아아악!"

정파인들 중 가장 잘 싸우던 남궁세가의 전선도 급속히 밀렸다.

사기란 것이 얼마나 무서운 것인가를 뼛속까지 느낄 수 있었다. 이들이 정말로 방금 전까지 싸우던 흑호문도들이 맞단 말인가.

거침없이 전진해 온다.

금검단주가 빽! 외쳤다.

"가주님! 어서 명령을!"

대공자 남궁강도 계속 뒤로 밀리며 고함쳤다.

"아버지! 버틸 수가 없습니다!"

정파의 전선은 상당 부분 와해됐다.

빠르게 도망치는 자들과 계속 밀리면서 간신히 버티고 있는 자들.

검성 남궁성은 그야말로 삽시간에 붕괴되는 전선을 빠르게 훑었다. 하지만 그는 쉽게 명을 내리지 못했다.

전선의 대부분은 붕괴되고 있지만, 자신이 있는 주변은 아직 질서를 유지하고 있었다.

그건 바로 남궁세가란 명성 때문이며, 실제로 남궁세가

가 꾸준히 도와줬기에 가능했다.

사실상 패배한 전투.

이젠 손실을 줄이는 것만이 최선이다. 그렇기에 주변에서 싸우던 문파들은 남궁세가가 자신들을 이끌며 사지에서 빼내주기를 간절히 원했다.

검성은 계속 버티는 것은 자살행위라는 것을 알았다.

드디어 그의 입술이 열렸다.

"퇴각하되, 전선을 유지하라! 흔들리지 마라."

그의 명이 떨어지기 무섭게 남궁수가 고함으로 맞받았다.

"안 됩니다, 아버지!"

남궁수의 반박에 검성의 얼굴에 노염이 휩싸였다.

"네놈이 감히!"

이 다급한 상황에서 아들이 항명을 하다니!

남궁수가 외쳤다.

"모두 전력으로 도망쳐야 합니다."

"네놈은 병법도 모르느냐? 그리되면 피해가……."

남궁수가 검성의 말을 끊었다. 평소라면 상상도 할 수 없는 일이었다. 그러나 지금은 예의를 따질 겨를조차 없었다.

"천천히 질서를 유지하며 퇴각하다가는 다 죽게 됩니다."

부자간의 논쟁.

이 순간에도 주변의 정파인들은 계속 밀리고 있었다.

검성이 남궁수를 향해 으르렁거렸다.

"질서가 무너지면 피해가 걷잡을 수 없이……."

다시 남궁수가 말을 끊었다. 그가 손가락으로 한곳을 가리키며 고개를 저었다.

"그건 정상적인 후퇴를 할 경우에 해당됩니다. 저곳을 보십시오."

검성의 시선이 남궁수의 손가락이 가리키는 방향으로 이동했다.

"……!"

검성의 눈동자가 거칠게 흔들렸다.

십천백지를 도망가게 만든 사육주의 무상 손거문과 녹림의 총표파자.

그들은 전선의 가장 후위에 설치돼 있던 단 위에 서 있었다.

도망가지 못한 백현각의 책사들이 일부 죽었고, 일부는 양손을 들어 항복하고 있었다.

남궁수가 급히 말했다.

"우리만 전선을 유지하며 천천히 퇴각한다면, 저들이 우리에게 올 겁니다. 또한 사육주의 대기하고 있던 병력도 우리에게 집중될 겁니다. 표적이 된단 말입니다."

"……."

"아버지, 지금은 각자도생해야 합니다!"

그때, 금검단주의 비명 같은 외침이 터졌다.

"대공자아아아!"

남궁세가의 장남인 남궁강이 흑호문도의 창에 옆구리를 찔려 뒤로 자빠졌다. 그의 근처에 있던 수하가 급히 그를 부축하며 뒤로 빠졌다.

검성은 양 뺨을 부르르 떨었다. 눈가도 쉴 새 없이 잔경련을 일으켰다.

눈에 핏발을 세우고 달려드는 사파인들. 뒤로 도망가다가 죽어 나가는 정파인들.

지옥도가 눈앞에 펼쳐지고 있었다.

그리고 그의 눈이 멀찍이 떨어져 있는 무상 손거문과 마주쳤다.

검성은 그가 이쪽을 유심히 보는 것을 알았다. 그리고 셋째인 수의 예상대로 그가 이쪽을 향해 발을 내디뎠다.

남궁수가 실신한 큰형인 남궁강을 업고는 외쳤다.

"아버지, 제발요! 십천백지가 망친 전투입니다. 이런 싸움에서 명예를 지키는 건 아무 의미가 없습니다. 개죽음일 뿐이라고요!"

검성은 탄식 같은 신음을 삼키고는 고개를 끄덕였다. 더 이상 머뭇거리면 파국을 피할 수 없다.

"모두 최선을 다해, 전력으로 이곳을 빠져나간다! 지금 당장!"

마치 그 명을 기다렸다는 듯이 주변의 정파인들이 썰물같이 빠져나갔다. 그리고 최전선에서 버티던 이들은 몸을 돌리다가 속속 죽어 나갔다.

"으아아악!"

"후퇴하라! 전력을 다해 후퇴하라!"

흑호문도들도 고함을 질러 댔다.

"죽여라! 모조리 죽여라!"

흑호문도들은 살기에 휩싸여 있었다. 다른 전선에 비해 자신들만 제대로 싸우지 못했다는 부끄러움도 한몫했다.

그들이 질풍처럼 앞으로 달렸다.

그렇게 앞으로 달리던 그들 앞을 한 노인이 막아섰다.

쇄애애애애액!

그의 검이 떨어지고, 수백여 검기가 허공을 할퀴었다.

파파파파파파앗!

그건 방심하고 뛰던 흑호문도들에게 떨어진 재앙이었다.

"허억!"

"크으으윽!"

"으아아악!"

그 노인은 검성, 남궁성.

그가 씁쓸한 미소로 당황하는 흑호문도들에게 말했다.

"나는 남궁세가의 가주, 검성이다."

흑호문의 문주가 앞으로 나서며 눈을 빛냈다.

"잘됐군. 정파의 십대고수. 나는 사파의 십대고수 중 일인인 흑호문주, 흑전향이다. 어느 쪽 십대고수가 더 강한지 확인해 보자고."

흑호문주는 말을 마치고 뒤에 있는 수하들에게 명을 내렸다.

"너희들은 저들을 계속 추격해 모조리 섬멸하라!"

"존명!"

흑호문도들이 검성을 우회하려고 했다. 그 순간, 검성의 칼이 다시 움직이며 검기를 토해냈다.

파파파파파아앗!

흑호문주의 눈에 쌍심지가 켜졌다.

"흥, 감히 나를 앞에 두고!"

그가 검성을 향해 짓쳐 들었다.

쇄애애액! 쩌어엉!

검성과 흑호문주의 창이 충돌했다.

그때, 허공을 울리는 묵직한 음성이 둘 사이를 갈라놓았다.

"흑호문주, 그대는 정파인들을 추격하라."

무상 손거문.

흑호문주는 얼핏 눈살을 찌푸렸지만, 곧바로 고개를 숙였다.

"알겠소, 무상."

그가 검성을 쏘아보며 옆으로 우회해서 이동했다. 검성은 그를 막으려 했지만, 쉽사리 움직일 수가 없었다.

어느새 지척까지 다가온 무상 손거문.

그의 신형에서 흘러나오는 압박이 전신을 친친 옭아매고 있었다.

검성은 한숨을 삼키며 손거문을 보았다.

"젊은 나이인데 대단하군."

손거문이 빙그레 웃었다.

"천하제일검가인 남궁세가의 가주라면 나정도 되는 인물이 상대해 줘야겠지."

검성도 마주 보고 웃었다.

"허허허, 아까운 수하를 다 이긴 전투에서 잃기 싫어서겠지."

흑호문주를 말함이다.

손거문은 어깨를 으쓱이며 소리 없이 웃고는 고개를 끄덕였다.

"뭐, 좋은 게 좋은 거 아니겠소? 십천백지란 개 같은 놈들을 보다가 당신같이 수하를 위해 희생하는 수장을 보니 기분이 좋아졌소. 그러니 제대로 된 대우를 해줘야 할 것 같아서 말이지."

검성이 미소로 대꾸했다.

"고맙군, 좋게 봐줘서."

"비록 적이나 존중받아야 할 품격을 갖춘 당신에게 내 최고의 무공으로 대접하겠소."

"그 또한 고맙군. 허허허."

남궁수는 형을 업고 정신없이 달리다가 고개를 뒤로 돌리려 했다. 그때, 곁에서 나란히 뛰던 검학자 장로가 말했다.

"앞만 보고 달려라."

"예?"

"앞만 보고 달리라고 말했다!"

격노한 음성.

남궁수의 눈에 황당함이 스쳤다.

패해 도망치는 상황이니 절박할 수 있다. 그러나 이렇게 격노하는 이유는?

십천백지의 천존에게 분노한 것일까?

남궁수는 경공으로 힘껏 발을 놀리면서 대꾸했다.

"적들이 쫓아오는 것을 살피며……."

"그건 내가 할 테니, 너는 힘껏 달리란 말이다."

남궁수의 눈에 어린 의아함이 커졌다.

검학자 장로의 격노한 외침엔 물기가 잔뜩 스며 있었다.

대체 왜?

남궁수는 이상하다고 여겼지만, 지금 그 이유를 물을 상황이 아니라는 것을 잘 알고 있었다. 그렇기에 대꾸 없이 달리다가 평야에서 약간 도드라지게 위로 올라온 작은 구릉으로 향했다.

검학자 장로가 앞만 보고 달리라 했지만, 적들이 어떻게 쫓아오는 지는 분명 확인할 필요가 있었다.

그는 낮은 구릉의 정상에 오르자마자 고개를 돌렸다.

그야말로 미친 듯 도망치는 정파인들과 그 뒤를 광기에 차서 추격해 오는 사파인들.

비명을 지르며 죽어가는 동료들이 보였다.

그때, 검학자가 호통을 쳤다.

"뭐하느냐? 앞만 보고 달리라고 했지 않느냐?"

검학자가 남궁수를 급히 잡아끌려고 했지만, 이내 멈추고 말았다. 남궁수의 입에서 흘러나온 한마디 때문이었다.

"아버지?"

당연히 따라오실 거라 생각했다. 그분의 성정상 뒤에서 수하들을 살피면서 그렇게 따라올 거라고.

검학자가 피눈물을 흘리며 말했다.

"수야, 가자."

남궁수의 몸이 와들와들 떨렸다.

"어어어……."

무상이다. 그가 아까 천존을 도망치게 만든 무공을 시전하고 있었다.

검학자가 손으로 남궁수의 눈을 가렸다.

"가주께서 너에게 가문의 훗날을 부탁하셨다."

"아버지이이이이!"

3

이름 모를 산새가 우짖는, 어둠이 짙게 깔린 어느 야산의 골짜기.

수십여 정파인들이 숨을 헐떡거리며 곳곳에 널브러져 있었다.

그들 중 한 명인 남궁수는 나무에 기대서 멍하니 하늘을 올려다보았다. 사파인들을 피해 도주하면서 얼마나 울었는지 눈이 퉁퉁 부어 있었다.

빽빽한 숲 위, 조금 트여진 공간으로 별들이 보였다. 그리고 하필 패왕의 별이 그 좁은 틈 사이에 자리를 잡아 빛나고 있었다.

"크흐흐흑."

이를 악물었지만 잇새 사이로 낮은 흐느낌이 흘러나왔

다. 입술이 덜덜 떨리며 다시 눈물이 뺨을 타고 떨어졌다.

더 나빠질 수 없을 만큼 최악의 상황에서 패왕의 별이 눈에 들어오다니.

어릴 때부터 밤마다 저 별을 보면서 다짐했다.

언젠가 패왕의 별이 되겠노라고.

그러나 작금의 현실은 얼마나 비참한가.

패왕의 별은커녕 패잔병에 불과하다. 그것도 아버지의 위기를 보고도 도망친 패륜아. 형을 살려야 한다는 것이나 검학자 장로께서 억지로 끌고 왔다는 것도 모두 핑계다. 자신은 겁쟁이에 불과했다!

손이 덜덜 떨리고 몸에 경련이 일어났다. 남궁수는 몸을 잔뜩 웅크린 채 그렇게 떨면서 소리 죽여 울었다.

자신이 이리 초라하고 보잘것없는 존재였다는 자괴감이 그를 한없이 참담하게 만들었다.

그때, 검학자 장로가 다가와서 남궁수의 등을 가볍게 두드렸다.

"수야."

남궁수는 고개를 들어 물기 어린 눈으로 검학자 장로를 보았다. 잠시 자리를 비운 검학자는 어디서 물을 구했는지 수통을 건넸다.

"목이라도 축이거라."

"괘, 괜찮습니다."

검학자는 고개를 저으며 수통을 더 들이밀었다.

"수야, 우린 패잔병이다. 자신의 몸은 스스로 챙기지 않으면 안 된다."

순간, 남궁수는 태어나 처음으로 물 냄새를 맡았다.

물에도 냄새가 있었구나.

그건 어떤 진수성찬보다 더 향긋하고 청량한 느낌을 주었다.

그런 생각을 하는 순간, 참을 수 없는 갈증이 치밀었다. 다른 생각할 겨를 없이 수통을 받아 들고 벌컥벌컥 마시기 시작했다.

그러자 탈진했던 전신에 짜르르르 활력이 솟았다.

수통을 입에서 떼어낸 남궁수는 호흡을 고르다가 정신이 번쩍 들었다. 지금은 감상에 빠져 있을 때가 아니다.

언제 어디서 사파의 추격조들이 들이닥칠지 모르는 일이다. 그들에게 죽는다면 아버지의 희생은 정말 아무 의미도 없어진다.

남궁수가 주섬주섬 일어나자 널브러져 있던 수십여 무인들이 생기 없는 눈빛으로 그를 주시했다.

검학자 장로가 남궁수의 어깨를 두드리며 말했다.

"일각 정도만 더 쉬자꾸나. 그 정도의 시간은 괜찮을 게야."

"하지만……."

검학자 장로가 고개를 저으며 말을 끊었다.

"나와 같이 물 길러 갔던 이들이 곧 올 것이다. 수하들도 갈증을 달래야지."

"아……."

남궁수는 상념에 사로잡혀 주변에서 무슨 일이 있었는지 몰랐다는 것을 자책하며 자리에 앉았다.

그는 다시 고개를 들어 하늘을 보며 물었다.

"우리 정파는 왜 이 지경일까요?"

"응? 무슨 뜻이냐?"

"마교엔 천마검, 사파엔 무상 같은, 믿기지 않는 괴물이 탄생했는데, 왜 정파엔 그들만 한 존재가 없을까요?"

검학자는 몇 차례 한숨을 쉬다가 씁쓸하게 대꾸했다.

"글쎄, 오랫동안 평화와 자만에 길들여져서가 아닐까? 그들은 절박했고, 우리는 안주했던 게지. 불세출의 인물들은 대부분 중심이 아니라 변방에서 탄생했으니까."

남궁수는 동의할 수 없었다.

"하지만 저도 그렇고, 장로님도 열심히 살아왔습니다. 정파에도 쉬지 않고 수련한 이들이 부지기수 아닙니까?"

검학자가 남궁수의 심정을 안다는 듯이 다시 어깨를 두드리며 부드럽게 말했다.

"시대의 절박함이란 것이 있다. 그건 개인이나 몇몇 집단의 노력으로는 넘어설 수 없는 미지의 영역이지."

"시대의 절박함이요?"

"시대가 영웅을 만든다는 말이 있잖느냐."

"……."

"그리고 또 모르지. 우리 정파에도 천마검이나 무상 같은 불세출의 고수가 숨어 있을지도. 아니, 분명 있을 것이라 믿고 싶구나."

남궁수의 뇌리로 얼핏 풍운이 스쳤다. 풍운의 나이 이제 겨우 스물둘이라는 점을 감안하면 그 녀석도 괴물이라 부르기에 손색이 없었다. 아니, 나중엔 더한 괴물이 될지도 모를 일이다.

남궁수는 검학자의 말을 곱씹다가 깜빡했다는 표정으로 물었다.

"장로님, 큰형님은 괜찮을까요?"

대공자를 처음에 업고 달린 건 남궁수였다. 하지만 도중에 금검단주에게 넘겨주었다. 한 사람이 계속 그를 업고 달리는 건 체력적인 부담이 컸기 때문이다.

문제는 사파의 추격조가 생각보다 훨씬 빠르고 집요했다는 점이다.

결국 함께 모여 달리던 남궁세가와 몇몇 문파의 정파인들도 뿔뿔이 흩어질 수밖에 없었고, 금검단주와도 헤어지고 말았다.

검학자가 남궁수 옆에 앉으며 장탄식을 내뱉으며 대꾸

했다.

"아무 일 없기를 바랄 뿐."

"예, 그래야지요. 그러지 않으면 아버지께서 희생하신 것이 아무런 의미가 없으니까요."

남궁수의 목소리에 물기가 스몄다. 검학자는 남궁수를 보며 쓴웃음을 깨물었다.

"가주께서 단지 우리에게 시간을 벌어주기 위해 희생하셨다고 생각하는 것이냐?"

"……?"

"물론 그런 이유도 있었겠지."

"다른 이유도 있다는 말씀이십니까?"

검학자는 다시 한숨을 흘리고 말했다.

"정파의 자존심."

"예?"

"십천백지로 인해 무너진 정파의 자존심을 조금이라도 지키고 싶으셨던 게야. 정파의 수뇌부가 모두 그렇게 수하를 내팽개치고 도망가는 쓰레기가 아니라는 것을 보여주고 싶었던 거지."

남궁수는 자신도 모르게 주먹을 불끈 쥐었다.

"다들 도망치느라 정신이 없었습니다. 아버지의 희생을 제대로 알아줄 사람도 얼마 없을 겁니다."

검학자는 허허로운 표정으로 수염을 쓰다듬으며 눈을

감았다.

"적어도 우리는 알지. 그리고 사파인들도 알고."

"그게 무슨 의미가⋯⋯."

"'역시 천하제일검가인 남궁세가의 가주구나' 생각했을 거야. '정파의 명숙 중에서 스스로 희생하는 이도 있구나' 생각했겠지."

"⋯⋯."

"오늘 우리는 패했으나, 무인의 혼까지 꺾인 건 아니다. 최소한의, 그리고 최후의 자존심은 가주께서 지켜주신 게야. 그분으로 인해 사파인들도 '정파가 모두 쓰레기다'라고 말할 수는 없게 된 거지."

남궁수는 입술을 꾹 깨문 채 침묵했다.

물을 길러 갔던 사람들이 나타나 모두 목을 축이자 검학자가 물었다.

"어디로 가는 것이 좋겠느냐?"

십천백지의 천존들은 십 리 뒤에 모여 전열을 재정비하자고 외쳤지만, 그건 개소리다. 당장 이곳만 해도 낮의 전장에서 삼십 리나 떨어져 있었다.

모두가 남궁수를 주목했다.

북쪽에서 마교와 대치하고 있을 정파 세력에 합류하는 방법이 가장 먼저 떠올랐다.

그러나 모두 내키지 않는 표정이었다.

왜냐하면 그곳의 수뇌부 역시 십천백지였으니까. 또한 그곳에 당도할 때까지 전투가 이어지고 있을지도 미지수였다.

남궁수가 입을 열었다.

"일단 본가로 돌아가겠습니다. 아마 헤어진 본 가의 사람들도 가문으로 귀환할 테니까요."

검학자가 고개를 끄덕이며 재우쳐 물었다.

"그다음은?"

세상은 전쟁 중이다. 가문에 틀어박혀 있을 수만은 없는 노릇이다.

"항주."

검학자의 얼굴에 흐릿한 미소가 스쳤다.

"무림서생의 사람들과 합류하겠다는 말이구나. 내 생각도 그것이 가장 나을 듯싶구나. 적어도 그들은 뒤통수는 치지 않을 테니까."

*   *   *

동이 트기 한 시진 전.

대산 총표파자와 광혈창이 어느 객잔의 삼층에 올랐다. 그들은 복도 끄트머리에 있는 내실의 문을 열고 안으로 들어갔다.

달랑 하나의 촛불이 켜져 있는 넓은 방.

중앙의 커다란 원탁에 앉아 있는 배교주가 잿빛 눈동자로 대산을 노려보았다.

잠깐의 침묵.

대산은 원탁으로 걸어가 배교주의 맞은편에 앉았고, 광혈창은 그의 뒤에 섰다.

배교주가 볼을 씰룩거리더니 입을 열었다.

"벌써 여기까지 소문이 자자하더군. 무상과 함께 이번 전투에서 혁혁한 전공을 세웠다고. 크크큭, 이거참, 축하라도 해줘야 하나?"

비아냥이고 조롱이다.

대산은 앞에 준비되어 있는 술병과 술잔을 흘낏 보고는 쓴웃음을 깨물었다.

그 소문을 듣고 짜증이 나서 안주 하나 준비하지 않았나?

"무상은……."

배교주가 성난 어조로 대산의 말을 가로챘다.

"왜 그놈을 데리고 오지 않았지? 내가 건네준 비수로 찌르기만 하면 되는 일인데. 그 혼돈의 전장에서 그런 일 하나 못 처리하나?"

수면독이 발라진 비수.

코끼리도 잠재울 수 있는 수면독은 내공으로도 막을 수

없는, 배교만이 보유하고 있는 독특한 독이었다.

대산은 술을 잔에 따를까 하다가 마음을 고쳐먹었다. 저 음흉한 배교주가 술에 무슨 장난을 쳤을지 모르는 일이니까.

그는 대신 팔짱을 끼고 대꾸했다.

"문상 야월화는 심안을 가지고 있는 여인이오. 그녀가 전투 막바지에 뭔가 불안함을 느꼈는지 호위대를 무상에게 붙였소."

쾅!

배교주가 주먹으로 탁자를 내려쳤다.

"자네 수하들은 뭐에 써먹으려고? 잠깐만 시야를 가리면 되는데……."

대산의 뒤에 있던 광혈창이 입을 열었다.

"대화중에 끼어들어 죄송합니다만, 그럴 상황이 아니었습니다."

배교주의 잿빛 눈이 광혈창에게 향했다. 광혈창은 속으로 '아무리 봐도 마음에 들지 않는 눈빛이야' 라고 생각하며 담담하게 말을 이었다.

"문상이 긴급히 연락할 것이 있다는데, 길을 막을 수는 없는 노릇이었습니다. 만약 그랬다가 무상이 쓰러진 것을 보게 되면 우리가 의심받을 상황이었단 말입니다."

"……."

"교주님의 아쉬움을 이해 못하는 건 아니지만, 저희 총표파자님을 마치 아랫사람 대하듯 무례를 범하는 건 실례가 아닐는지요. 또한 어쨌거나 지금은 손을 잡고 협력하는 사이 아닙니까?"

광혈창을 쏘아보던 배교주의 입꼬리가 씩 올라갔다.

얼굴 전체가 잔인하게 변하는 미소.

대산이 입을 열었다.

"광혈창이 말한 대로 어쩔 수 없는 상황이었소. 아쉽지만 다음 기회를 노리는 수밖에."

배교주는 고개를 한 바퀴 천천히 돌리고는 다시 대산을 마주 보았다.

"아쉽다라……. 그런데 총표파자의 표정에선 왠지 아쉬운 기색이 보이지 않는 것 같군."

"……."

"설마 딴생각을 품고 있는 건 아니겠지?"

대산이 묘한 느낌이 묻어나는 한숨을 뱉고 말했다.

"후우우, 무상은 교주의 생각보다 훨씬 강하오. 나도 목숨을 걸어야 한단 말이오."

"크크크크, 천하의 총표파자가 겁을 먹었단 말인가?"

대산의 눈가가 잘게 떨렸다.

"그런 뜻이 아니오. 그만큼 신중해야 한단 뜻이오."

"……."

"더구나 문상이 호위대까지 붙여서 상황이 쉽지 않다는 건 교주도 알잖소. 교주, 그 강시왕이란 거…… 꼭 무상이어야겠소?"

배교주의 표정이 황당하다는 듯 변했고, 그의 주먹이 다시 원탁을 내려쳤다.

쾅!

"총표파자! 이제 와서 그게 무슨 망발인가! 고작 그딴 변명을 들으려고 내가 지금껏 기다린 줄 알아?"

배교주의 신형 주변으로 검은 안개 같은 기운이 퍼져 나왔다. 대산은 눈살을 찌푸린 채 대꾸했다.

"내가 오죽하면 이런 말까지 하겠소? 어지간하면 어떻게든 방도를 찾아보겠는데, 그게 도통 허점이 보이지 않는단 말이오. 그 지랄 같은 심안을 가진 문상이 미리 움직이니……."

"아!"

배교주는 긴 손톱이 섬뜩한 손가락을 활짝 펴며 묘한 탄성을 흘렸다. 그러고는 소리 없이 음산하게 웃다가 말했다.

"그렇군, 그 계집이 문제였어. 그 계집을 미끼로 무상을 잡으면……."

대산은 고개를 저으며 말을 끊었다.

"그녀의 호위대도 만만한 자들이 아니오. 또한 방금 말했듯이 위험을 귀신처럼 파악하는 심안 때문에 시도 자체가 어렵소."

"크크큭. 아니야, 아니. 방법은 만들면 돼. 그리고 무상을 잡는 것보다 그것이 훨씬 더 쉽지. 맞아. 등잔 밑이 어둡다더니, 왜 그 생각을 못했을까? 애초에 그 계집을 먼저 잡아야 했어."

대산의 눈빛이 차가워졌다. 그는 서슬 퍼런 목소리로 거부의 뜻을 밝혔다.

"사육주는 전쟁 중이고, 그녀는 사육주의 책사요. 무상이 사라지면 내가 그 자리를 대체할 수 있지만, 그녀는 대체할 사람이 없단 말이오. 교주, 내가 그녀를 좋아하진 않지만, 대업을 이룰 때까진 그녀가 필요하오."

배교주가 갑자기 고개를 갸웃거리더니 의뭉스러운 눈으로 대산을 직시했다.

"이상하군. 말은 그럴듯한데 이상해. 총표파자, 당신 뭔가 변한 것 같아. 왜 자꾸 그런 느낌이 들까?"

대산은 팔짱을 풀고 술을 잔에 따랐다. 그러더니 단숨에 잔을 비우고는 대꾸했다.

"변한 게 아니오. 어제 전투에서 무상과 문상의 능력을 다시 실감하고 나니 더 신중할 필요가 있다고 느낀 거지."

"그것뿐인가?"

대산이 단호한 표정으로 고개를 끄덕였다.

"물론이오."

"뭐, 좋아. 동업자를 계속 의심하는 건 좋지 않지."

배교주는 긴 손톱으로 자신의 볼을 긁었다.

그리고 한참 동안 이어진 침묵.

대산은 몇 차례 자작하다가 입을 열었다.

"할 말이 없으면 이쯤에서 일어나는 게 좋겠소."

배교주가 비릿한 미소로 말했다.

"무상을 잡는 미끼로 그 계집을 이용하되, 총표파자의 수족이 되게 하는 방도를 생각해 봤지."

"……!"

"그리고 방금 아주 좋은 생각이 떠올랐어. 크크큭."

대산이 침음을 삼키고 물었다.

"그런 게 가능할 리가 없소. 무상을 향한 그녀의 마음은 절대적이오. 문상이 내 수족이라니. 그리고 애초에 심안을 가진 여인이라 위험을 미리 감지하고 피한다고 몇 번이나……."

배교주가 낮고 무겁게 말했다.

"방법이 있어."

일각 후.

대산과 광혈창이 객잔에서 나왔다. 둘은 말없이 한참을 걸었다. 그 침묵을 깬 건 광혈창이었다.

"아버지, 저는 배교주를 믿을 수 없습니다. 주겠다는 보상도 의심스러울뿐더러, 아버지를 배신할 가능성도 있습니다."

대산은 피식 웃고는 고개를 저었다.

"아니, 놈은 나를 배신하지 못해. 배교가 여전히 건재하단 사실을 내가 세상에 알리는 순간, 그놈은 정사마를 막론하고 무림 공적으로 몰려 끝장이 날 테니까."

"그래도 저는 왠지 믿음이 가지 않습니다."

대산이 씁쓸하게 웃었다.

"후후후, 배교가 믿음이 안가는 게 아니라 내가 못 미더운 거겠지. 안다, 알고 있어. 세상이 모두 증오하는 배교와 손잡은 나에게 실망하고 있다는걸."

"아버지⋯⋯. 차라리 무상과 손을 잡는 건 어떻습니까?"

광혈창.

그는 천류영이 죽었다는 소식에 충격을 받았다.

천류영은 녹림이 잘못된 길로 빠지더라도 나중에 구원의 손을 내밀어줄 사람이었다. 그뿐만 아니라 훗날 녹림을 자신에게 주겠다고 약속한 인물이다.

기실 자신이 지금 변방의 구석에서 산적질을 하지 않고 전쟁의 중심에서 활약하고 있는 것도 천류영 덕분이 아닌가!

사람을 믿는다는 것이 얼마나 어리석은 짓인지는 광혈창도 잘 안다. 그러나 그는 천류영의 됨됨이를 알기에 도박과 같은 선택을 한 것이다.

그리고 천류영의 성장을 보며 자신의 결정이 옳았음을 확신했다.

그런데 그렇게 허무하게 가버리다니.

광혈창은 녹림을 잘못된 길에서 구해줄 사람을, 천류영을 대신해 그 역할을 해줄 사람을 찾고 있었다.

그런 그에게 무상 손거문은 매력적으로 다가왔다.

대산은 광혈창의 질문을 따라 중얼거렸다.

"무상과 손을 잡는다라……."

"우리가 손을 내밀면 아버지를, 그리고 우리 녹림을 전폭적으로 도와줄 겁니다. 그는…… 생각보다 꽤 괜찮은 인물입니다."

대산이 속내를 알 수 없는 표정으로 한참 침묵하며 걸었다.

그러더니 긴 한숨과 함께 고개를 저었다. 그의 시선이 허공을 향했다.

곧 태양이 떠오를 시간.

조금 전까지 하늘에 박혀 있던 무수한 별들이 희미해지고 있었다.

"무상 손거문, 아까운 인물이나 버려야 한다. 그는 태

양과 같아. 너무 환하지. 그로 인해 찬란한 별들도 보이지
않게 돼버려."

"……."

"그가 진심으로 상대방을 대하는 건 나도 알아. 하지만
그의 압도적인 힘과 끝 모를 자신감은 주변 이들을 초라
하게 만든다. 처음부터 그를 섬긴 이들은 상관없겠지만,
우리 같은 자들은 결국 설 자리가 없어. 또한 문상이 그걸
용납하지 않을 것이고."

"토사구팽당할 것이란 뜻입니까? 하지만 무상은 그런
인물이……."

대산이 광혈창의 말허리를 끊었다.

"나무는 가만히 있으려 해도 바람이 흔드는 법이지. 무
상은 믿을 수 있지만, 사오주의 사파인들은 결국 우리를
이용해 먹고 내칠 게다."

"……."

"무상의 자리를 내가 차지하는 것만이 토사구팽을 피하
는 방법이다."

대산은 광혈창의 눈을 보며 히죽 웃고는 말을 이었다.

"아들아, 음모를 꾸미든 패악을 저지르든, 역사는 최후
의 승자만 아름답게 포장하는 법이다. 그렇다면 끝까지
가봐야지. 패왕의 별로 우뚝 설 때까지. 패왕의 별이 된다
면 배교와 손잡은 일조차 신의 한 수로 기록될 것이다. 그

게 역사니까."

4

백발의 의원은 침상에 누워 있는 천류영을 보며 한숨을
내쉬었다. 그냥 보기만 해도 한숨이 계속 터져 나왔다.

세상에 이렇게 미련한 사람이 또 있을까.

천류영과 의원의 눈이 마주쳤다. 의원은 또다시 한숨을
뱉으며 고개를 절레절레 젓다가 말했다.

"자넨 할 만큼 했네."

천류영은 말없이 미소만 머금었다. 의원은 그 미소가
너무 애잔해 보인다는 생각을 했다.

"농담 아닐세. 자네가 동료들을 배신한다고 해도……
자네가 이곳에서 당한 일을 알게 되면 다 이해할 거네."

의원은 천류영의 몸에 박혀 있는 침을 빼내며 계속 말
했다.

"귀한 약재, 그리고 내 침술이 아무리 고절해도 한계가
있지. 아니, 애초에 한계를 훌쩍 넘었어."

"……."

"자네 몸은 이미 죽어가고 있단 말일세."

"……."

"난 정말이지 자네를 이해할 수 없어. 그 무지막지한

고문을 버티는 것도 믿기지 않지만, 그렇게까지 버티면서 자네가 얻는 게 대체 뭔가? 아무것도 없잖나."

"……."

"정말 모르겠군. 내가 자네라면 그분께 복종하거나 자살했어. 둘 중에 하나밖에 답이 없으니까. 아! 하나 더 있군. 미치거나. 그런데 자네는 왜 미련하게 버티기만 하는 거지? 왜 아무것도 선택하지 않는 거지?"

"……."

"솔직히 그분은 자네가 상상하는 것보다 훨씬 엄청난 힘을 가지고 계시네. 복종한다고 해도 결코 부끄러운 일이 아니야. 그분은 주군으로서의 자격이 있으시네."

천류영이 처음으로 입을 열었다.

"뜻을 따를 수 없는데 힘에 굴복한다면, 짐승과 다를 바가 없지 않습니까?"

백발의원의 미간이 살짝 찌푸려졌다. 그는 천류영의 몸에서 마지막 침을 빼내고는 정색하고 말했다.

"자네 말은 궤변이네. 모든 사람들은 그렇게 사네. 강자에게 복종하면서."

"……."

"압니다. 하지만 패왕의 별을 꿈꾸는 강자라면 달라야합니다."

"그건 또 무슨 말인가? 패왕의 별이 되기 위한 자격에 힘보다 더 중요한 것이 뭐가 있다고…….”

천류영이 힘겨운 듯 한숨을 쉬고는 의원의 말꼬리를 받았다.

“제가 아는 형님 중 취존만큼 아주 강한 분이 있습니다. 그분이라면 인정할 수 있습니다, 패왕의 별로.”

“하아, 또 궤변이군. 취존은 안 되고, 그 형님은 된다? 자네가 말하는 그 자격의 기준이란 게 대체 뭔가?”

“품격.”

“응?”

“인간의 품격을 갖춰야 합니다. 그걸 갖추지 못한 강자는 그저 사나운 짐승과 다를 바 없습니다. 품격 없는 권력자는 결국 폭군이나 혼군이 되어 세상에 해를 끼치게 됩니다.”

의원이 잠시 멀뚱하니 천류영을 보다가 피식 웃었다.

“뭐, 그건 그렇다고 치세. 그럼 또 궁금하던 것 하나를 묻지. 대체 그 무지막지한 고문을 어떻게 이리 오래 버티는 건가?”

“…….”

“나는 이곳에서 많은 사람들을 봐왔네. 그들 중 자네처럼 끝까지 취존의 명분을 좇을 수 없다는 사람들도 극소수 있었어. 그리고 그들의 선택은 하나였지. 자살. 뭐, 당연한 거지만. 그 지랄 같은 고문을 받느니 죽는 것이 훨씬 행복할 테니까. 그런데 자네는 정말 어떻게 버티는 건지 이해가 되지 않는단 말이야."

천류영이 다시 미소 지었다.

"약속했습니다."

"……?"

"그녀에게 살아서 돌아가겠다고."

"……."

천류영은 자살할 수 없었다.

너무 고통스러워서…… 하루에도 수백, 수천 번씩 죽고 싶은데, 그럴 수가 없었다. 자신이 고통을 이기지 못하고 스스로 목숨을 끊었다는 걸 그녀가 알게 되면…… 그녀가 너무 힘들어질 테니까. 평생 악몽에 시달릴 테니까.

백발의원은 예상하지 못한 답변에 천류영을 멍하니 보다가 고개를 절레절레 저었다.

"사랑인가? 허허허, 상상할 수도 없는 모진 고문을 악착같이 버티는 이유가 고작 여인과의 약속 때문이라고? 허허허, 기가 막히는군."

의원의 눈이 천류영의 손을 보았다. 그리고 발도.

잔 경련이 일어나고 있었다.

몸이 먼저 알고 있는 것이다. 곧 지하 고문실로 돌아가야 한다는 것을.

늘 이랬다.

사흘간의 휴식.

아니, 정확히 말하면, 넝마가 되어버린 육체를 조금이나마 치료하는 사흘이 끝나갈 때면 그의 몸은 공포에 질려 이렇게 바르르 떤다.

만약 이러한 반응마저 없었다면 의원은 천류영을 사람으로 인정하지 않았을 것이다.

신기한 건 그럼에도 불구하고 눈빛은 여전히 생생하다는 것이었다.

꺾이지 않는 의지.

그것이 여인과의 약속 때문이라는 것이 자꾸 헛헛한 웃음을 흘러나오게 만들었다.

"흐으음, 사흘 뒤 자네를 또 볼 수 있을까? 자네에겐 미안한 말이지만, 보지 않았으면 좋겠군. 이젠 지켜보는 내가 더 지친다네."

천류영은 뭔가 말을 하려다가 입술을 질끈 깨물었다. 이제는 입술까지 덜덜 떨려오고 있었다.

내실 밖 복도에서 인기척이 났다. 천류영을 고문실로 데려갈 장정이 걸어오는 소리다.

드르르륵.

거구의 근육질 장한이 내실 안으로 들어왔다. 의원이 자리를 비켜주자, 그가 천류영을 양손으로 안아 들었다.

의원은 장한이 성큼성큼 사라지는 모습을 보며 고개를

저었다. 그러던 그가 이내 끄덕거리며 중얼거렸다.

"그래도 한 가지는 알겠군. 왜 세상의 많은 사람들이 자네를 가리켜 패왕의 별이 될 인물이라 떠받들었는지. 자네의 정신력과 의지, 그리고 인내력엔 경의를 표하네. 진심으로."

천류영은 의아한 눈으로 장한을 보았다. 그가 향하는 곳은 지하 고문실이 아니었다.

따스한 햇살이 허공을 감싸는 건물 밖이었다.

"어디로 가는 거요?"

천류영이 물었지만 장정은 평소처럼 아무 대꾸도 하지 않았다. 고문 기술자처럼 벙어리는 아니다. 취존이 명령을 하면 대답을 했으니까.

천류영은 간만에 쬐는 햇볕과 싱그러운 공기를 즐기며 눈을 감았다. 귓가에 스치는 새소리가 황홀할 정도로 아름답게 들렸다.

이 작은 것들이 이렇게 큰 행복감을 줄 수도 있구나.

장정은 이각에 걸쳐서 산을 올랐고, 봉우리 정상에서 천류영을 내려놓았다.

그곳엔 화려한 보랏빛 비단옷을 입은 취존이 뒷짐을 진 채 서 있었다. 한 손엔 늘 그렇듯 술이 든 호리병을 든 채.

그가 고개를 돌려 천류영을 보며 싱긋 웃었다.

"왔나?"

천류영도 미소 지었다. 쓴웃음을.

취존의 성정이 절절하게 가슴으로 느껴졌다. 사람을 죽을 만큼 고문시키고, 그 고문당한 사람을 맞으며 저렇게 맑은 웃음을 보여줄 수 있다니.

취존이 손을 까닥거리며 말했다.

"이리 와라. 여기서 보는 풍경이 좋아."

천류영은 어금니를 깨물고 몸을 일으켜 세웠다.

그저 일어나는 단순한 동작인데도 온몸의 근육들이 아우성을 질러 댔다. 숨이 턱까지 차오르고, 땀이 송골 맺혔다.

천류영은 걸음을 옮겨 취존의 옆에 섰다.

시선이 닿는 모든 곳이 다 산이었다. 셀 수도 없는 봉우리들이 삐죽삐죽 솟아나 있었다.

"이곳은 어디오?"

천류영의 질문.

이번엔 취존이 쓴웃음을 깨물었다. 그는 천류영을 흘낏 살피다가 앞을 보면서 말했다.

"그래, 이제 내 허락 없이 말해도 된다. 개처럼 짖을 필요도 없어."

"……"

"네가 이렇게까지 버틸 것이라고는 상상도 하지 못했으니까. 좋아, 너는 자격이 있는 놈이다. 인정해."

천류영은 오른쪽 옆에 있는 작은 바위로 이동해 그 위에 앉았다. 취존은 그 모습을 보며 어이없다는 표정을 지었다가 낮게 웃었다.

"후후후, 정말 너는 끝까지 날 재미있게 하는구나."

"바위에 앉는 게 재미있소?"

"하하하하! 재미있지, 재미있고말고. 감히 내 면전에서 그렇게 자유로운 모습을 보일 수 있는 사람은 세상에 딱 두 명뿐이니까."

천류영은 무릎에 팔꿈치를 대고는 손으로 턱을 괴면서 대꾸했다.

"두 명이라……. 한 명은 예전에 말한 노괴란 인물일 테고. 그는 아마 십천백지의 일존?"

취존이 흥미로운 기색으로 물었다.

"또 한 명도 추측할 수 있나?"

천류영은 담담한 눈으로 산을 보다가 입을 열었다.

"혹시 여기 십만대산(十萬大山)이오?"

천하엔 십만대산이라 불리는 곳이 두 곳 있다.

하나는 대륙의 서북부에 위치한, 마교의 본거지인 청해성. 또 다른 하나는 대륙 남단의 광동성과 광서성에 걸쳐 자리하고 있다.

지금 천류영이 언급한 곳은 당연히 대륙 남쪽의 십만대산이다.

취존이 물었다.

"이 근처에 와본 적이 있나?"

그럴 리 없다.

수천 리에 걸쳐 있는 십만대산의 한복판이다. 사람들이 감히 접근할 수 없는 곳.

"아니, 얘기를 들었을 뿐이오. 따뜻하고 습한 공기, 그리고 이렇게 끝도 없이 펼쳐진 봉우리들."

"흐음, 그것만으로 추론했다고?"

"내가 이곳에 눈을 가린 채 잡혀왔을 때, 그동안의 날짜 수를 계산해 보니 그런 것 같아서. 대충 찍었는데 맞았나 보군."

"대충 찍었다라……. 후후후, 미치겠군. 앞으로 외부 사람을 들여올 때는 기절을 시켜야겠어."

천류영을 보는 취존의 눈에 이채가 스쳤다.

천류영이 방금 한 말은 쉽게 들리지만, 결코 쉬운 것이 아니었다. 왜냐하면 취존은 천류영을 길들인다는 명목으로 이곳에 오는 내내 밤마다 구타를 했으니까.

즉, 천류영은 마차를 타고 오는 낮 동안 고통에 끙끙 앓으면서도 방향과 거리를 계산했다는 말이다. 그건 정말이지 엄청난 의지와 고도의 집중력이 필요한 일이었다.

취존은 술을 한 모금 마시고는 다시 미소를 지으며 물었다.

"다른 한 명도 짐작이 되나?"

천류영은 천천히 심호흡을 했다. 지하의 퀴퀴한 공기와는 차원이 다른, 맑고 상쾌한 공기 내음이 너무 좋았다.

나른한 햇볕과 맑은 공기를 즐기며 천류영이 답했다.

"천하상회의 주인?"

싱글거리던 취존의 얼굴이 찰나지만 흠칫 굳었다. 그러나 곧 표정을 풀고 고개를 끄덕였다.

"뭐, 네 녀석에게는 너무 쉬운 문제였겠군."

천류영은 피식 웃고는 양팔을 들어 기지개를 켰다.

"왜 이곳으로 부른 거요?"

"훗, 빨리 고문을 받고 싶은가 보지?"

"글쎄, 내 적성과는 영 안 맞는 거 같긴 한데."

취존은 잠시 침묵하다가 입을 열었다.

"십천백지의 네 천존이 둘씩 나눠 정파를 이끌고 전장에 나갔다."

"깨졌군."

"……."

"그냥 깨진 게 아니라 십천백지가 제대로 망신당했나? 싸우다가 도망이라도 쳤소?"

천류영의 짧은 대꾸에 취존의 눈이 가늘어졌다.

"의원이 말해줬나?"

"호오, 정말이군."

취존은 입술을 질끈 깨물었다가 물었다.

"어떻게 알았지?"

"쉽잖소. 나를 불러내서 전쟁 얘기를 꺼냈다는 건 뭔가 예상과 다르게 일이 꼬였다는 뜻이니까. 그렇지 않다면 당신 자존심에 내가 굴복하지도 않았는데 이런 자리를 마련했을 리가 없고. 더구나 말하는 것도 허락해 주고 말이오."

"……."

"동료 천존들이 얼마나 전투를 망쳤기에 당신이 그렇게 걱정하는 걸까? 스스로 하늘이라고 뻐기더니, 마교나 사오주의 전력이 예상을 훌쩍 뛰어넘었나 보군. 아, 또 한 가지 이유가 있겠군. 정파의 수뇌부를 차지한 천존들이 독선적이었겠지."

"……."

"정파에도 인재는 많소. 그런데 대패를 했다는 건 그 인재들의 말을 경청하지 않았다는 뜻이오. 상에 산해진미가 차려져 있으면 뭐하겠소? 젓가락이 썩어 음식을 집지도 못하는데."

취존은 담담한 낯빛으로 술을 마시려다가 천류영을 보고는 호리병을 건넸다.

"한 모금 할 텐가?"

천류영은 고개를 끄덕이며 받아서 술을 마셨다.

식도를 타고 흐르는 짜르르함에 살짝 진저리를 친 천류영은 웃으며 중얼거렸다.

"좋군."

그는 다시 한 모금 마시고 호리병을 넘겨주며 말했다.

"책사에게 자문을 구하고 싶은 것 같은데, 묻고 싶은 것이 뭐요?"

"흐음, 사오주와 붙은 두 천존이 전투 도중 도망을 쳐서 대패를 했다. 그리고 그 소식을 전해들은 다른 두 천존은 조급해졌지. 전투가 장기화되면 사육주가 뒤로 들이닥칠 수도 있다고 판단해서 무리하게 공격에 나섰다."

"그리고 그들도 도망쳤소?"

취존은 눈살을 찌푸리며 답했다.

"죽었다."

"마교주를 잡으려고 적진 깊숙이 들어갔다가 마교의 교주와 백여 명의 장로들에게 포위되어 죽었다."

천류영은 기가 막힌 표정을 지었다가 고개를 절레절레 저으며 말을 받았다.

"하늘이니 절대고수니 뻐기더니, 십천백지도 결국 우물 안 개구리였군."

취존은 짜증스러운 어조로 대꾸했다.

"애초에 나와 그놈들과는 격이 다르니 동급으로 취급하지 마라. 그리고 그건 이미 벌어진 일, 지금은……."

천류영이 취존의 말을 가로챘다.

"정파에서 십천백지의 명성이 땅에 떨어져서 고민이오? 이제 주인공으로 등장해야 하는데, 십천백지란 간판을 달고 등장하는 것이 고민스러운 거요?"

"……."

천류영이 낮게 웃고는 고개를 끄덕이며 말했다.

"하긴 그럴 만도 하겠군. 당신이 아무리 어마어마한 무위로 전쟁을 승리로 이끈다 해도 동료 천존들이 망가뜨린 십천백지의 명예를 회복하는 건 쉽지 않을 테니까. 그리고 그건 패왕의 별로 등극하는 데 적지 않은 걸림돌이 될 것이고."

취존이 선선이 인정했다.

"나도 그렇게 생각한다."

"그렇다고 아무 간판도 없이 등장하면 아무리 강하다 해도 콧대 높은 정파의 명숙들은 출신에 대해 꼬치꼬치 캐물으며 귀찮게 할 여지도 많고."

취존이 낮게 한숨을 쉬고는 고개를 끄덕였다.

"그래, 맞다. 포위당해 죽은 천존들은 그렇다 쳐도 전투 중 도망간 녀석들 때문에 일이 상당히 꼬였어. 강하기만 하지 머리가 모자란 일존은 상관없다고 하지만, 내 생각은 달라. 천하를 위기에서 구한 영웅이 되더라도 패왕의 별이라고는 인정하지 않는 이들이 제법 나올 거야. 십천백지를 향한 정파인들의 원망과 분노가 꽤 심각한 상태라."

"후후후, 동료 천존들이 다 된 밥에 콧물을 빠뜨렸군. 그것도 아주 오래 공들여 준비한 밥인데."

취존은 천류영의 비아냥이 마음에 들지 않았지만 꾹 참고 말했다.

"네 생각을 말해봐라. 내가 어떤 선택을 하는 것이 좋을지."

십천백지는 정파무림의 전설이었다. 그렇게 허울 좋은 간판은 쉽게 버리기 어려울 수밖에. 그렇다고 짊어지자니 동료 천존이 망쳐도 너무 망쳐 놨다.

천류영은 침묵하며 눈앞에 펼쳐진 산들을 보았다. 그리고 취존은 옆에서 술을 홀짝이며 기다렸다.

일다경쯤 지났을 때, 천류영이 입을 열었다.

"내가 얻는 건 뭐요?"

취존은 피식 웃고는 눈을 빛냈다.

"네 대답이 날 만족시킬 수 있다고 확신하는 거냐?"

천류영은 어깨를 으쓱거리며 손을 내밀었다.

"한 모금 더 주시오."

취존은 자신도 모르게 '헛!' 하는 웃음을 뱉었다가 호리병을 건넸다.

"네놈은…… 그 싸가지만 고치면 되는데, 내게 복종만 하면 모든 것을 다 얻을 수 있는데 말이야."

천류영은 술을 건네받아 마시고는 돌려주었다. 취존이 말했다.

"원하는 게 뭐냐?"

"방금 받았소."

"……!"

취존의 눈동자가 처음으로 흔들렸다. 당연히 고문을 받지 않게 해달라고 할 줄 알았다. 그런데 그 대가가 겨우 술 한 모금이라고?

취존은 입술을 깨물며 천류영을 노려보았다. 끝까지 자신에게 굴복하지 않겠다는 의지를 돌려 말한 것이다.

"네놈이 원한 거니 후회해도 소용없다."

천류영은 다시 한 번 어깨를 으쓱거렸다. 취존은 호리병을 받아 마시려다가 눈살을 찌푸렸다.

다 마셔 버렸다.

아직 적지 않게 남아 있었는데.

취존은 뒤에 멀뚱히 서 있는 장정에게 술을 가져오라 시키고는 물었다.

"네놈은 내가 어떤 선택을 하는 게 현명하다고 생각하느냐?"

천류영이 담담한 어조로 말했다.

"읍참마속(泣斬馬謖)."

"……?"

"도망친 천존들을 당신 손으로 제거하면 되오."

"……!"

취존의 양 볼이 씰룩거렸다. 그는 노한 눈빛으로 천류영의 멱을 움켜쥐었다.

"차도살인지계(借刀殺人之計)! 건방진 놈 같으니라고. 지금 네놈은 감히 내 손을 빌려 천존들을 죽이려는 거구나!"

천류영은 해맑게 웃으며 물었다.

"더 좋은 방법이 있소?"

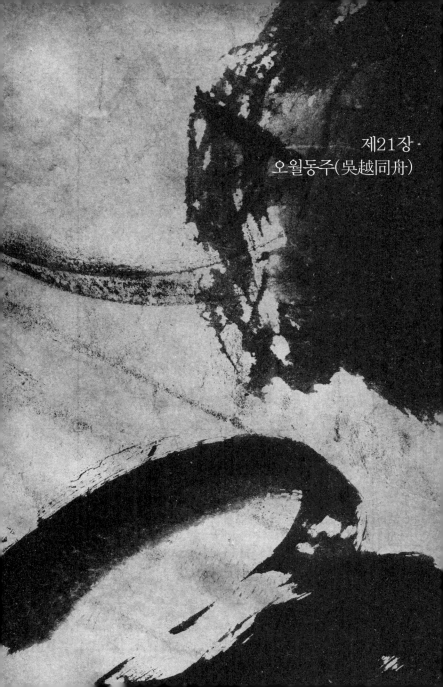

제21장·
오월동주(吳越同舟)

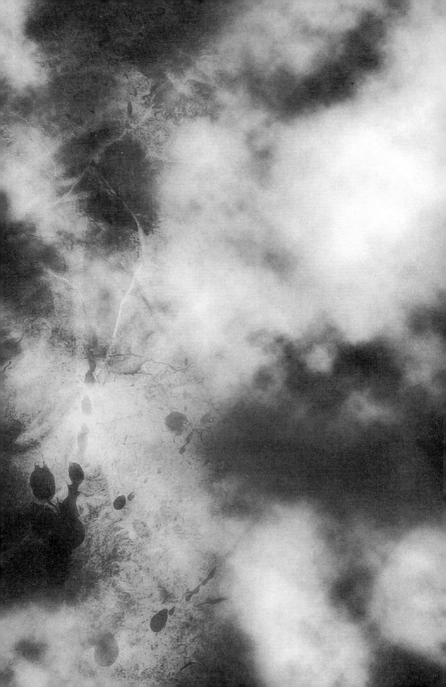

1

천류영의 멱을 움켜쥔 취존의 손이 바르르 떨렸다.

"감히, 감히!"

취존은 노여움이 가득한 얼굴로 천류영의 목을 졸랐다. 그러나 천류영은 무심한 얼굴로 눈을 감을 뿐이었다.

취존은 어느새 시뻘겋게 변한 천류영의 얼굴을 보다가 손을 풀었다. 그러자 천류영이 다시 바위에 털썩 주저앉고는 목을 어루만지며 격하게 숨을 몰아쉬었다.

취존은 그런 천류영을 보면서 입술을 질끈 깨물었다.

천류영은 방금 질식사할 수도 있었다. 그럼에도 끝까지 손을 풀어달라고 간청하지 않았다. 멱을 잡은 자신의 손조차 건들지 않았다. 살기 위한 본능으로 그런 시늉을 할 만도 한데.

그렇게 끝까지 약한 모습을 보이지 않는 놈이 보면 볼 수록 괘씸했다.

이놈, 정말 완전히 굴복시킬 수는 없는 걸까? 내 사람으로 만들 수 없는 건가?

놈을 죽이고 싶다는 살기가 머리끝까지 치솟았다. 동시에 역시 죽이기엔 아깝다는 생각도 비례해 커졌다.

결국 취존은 제 성질을 못 이기고 주변에 서 있는 나무를 주먹으로 후려쳤다.

퍼어어엉!

아름드리나무가 종잇장처럼 찢어졌다. 취존은 부러진 나무를 발로 짓밟아 으깨며 외쳤다.

"건방진 놈, 어떻게 나에게 십천백지의 동료인 천존을 죽이라고 할 수 있느냐?"

천류영은 여전히 대꾸하지 않았다. 지금 취존은 답을 요구하는 것이 아니라 제 성질을 못 이기고 혼잣말을 뱉는 것에 불과하기에.

"내가 네놈의 그 음흉한 속을 모를 거라 생각하느냐? 네놈은 나를 배신자로 만들려는 속셈이잖나! 우리의 전력을 약화시키려는 의도잖아!"

취존은 그야말로 미친 듯 나무의 잔해를 짓밟았다.

그것만으로는 분이 안 풀렸을까?

근처에 있는 너럭바위를 주먹으로 내려쳤다.

콰아아앙!

폭음과 함께 바위가 산산조각 났다.

취존은 그 바위의 부서진 파편들까지 밟아 가루를 만들고 나서야 동작을 멈췄다. 그제야 천류영을 향한 살기가 잦아든 것이다.

취존은 천천히 심호흡을 하며 자신을 담담하게 쳐다보는 천류영을 보았다.

"후우우우, 후우우우."

대체 저놈은 뭔가.

분명 자신이 갑이고, 주인이다.

천류영은 을이고, 노예 신세에 불과하다.

자신이 손가락 하나만 까딱여도 놈은 죽을 운명이다.

그런데 천류영과 만난 이후, 단 한 번도 놈 위에 군림한다는 생각이 든 적이 없다.

지금도 그렇다.

이건 마치 천류영이 원하는 대로 움직여야 하는 꼭두각시가 된 것 같지 않은가.

거절해야 한다.

거절한 다음, 허튼소리를 뱉은 놈을 징계해야 한다. 하지만 그럴 수가 없었다.

읍참마속을 대체할 계책이 떠오르지 않았다.

아니, 그것이 최선이라는 사실을 취존은 이미 인정하고 있었다. 그래서 더 짜증이 나는 것이고.

때마침 장한이 지게에 술독을 지고 왔다.

취존이 사발로 술을 떠서 벌컥벌컥 마시는데, 천류영이 장한에게 말을 건넸다.

"나도 한 잔 주시오."

장한이 곤혹스러운 표정으로 취존과 천류영을 번갈아 보았다. 취존 역시 기가 막힌다는 얼굴로 천류영을 보다가 자신도 모르게 깊은 한숨을 내뱉고는 장한에게 말했다.

"줘라."

장한은 취존에게 사발을 건네받고는 술을 떠서 천류영에게 건넸다.

천류영은 술을 음미하듯 천천히 마시고는 다시 산 아래 펼쳐진 풍경을 바라보았다.

취존이 다가와 한탄하듯 말했다.

"정녕 내 수하가 될 생각이 없는 게냐?"

"……."

"널 처음 본 날 말했듯, 네가 나를 진심으로 섬긴다면 나는 너에게 많은 것을 줄 수 있다. 내가 천상천하 유아독 존을 꿈꾼다면, 넌 일인지하 만인지상(一人之下 萬人之 上)을 누리면서 사는 것도 괜찮잖나? 그렇게 너와 나, 천하에 우뚝 서보는 것도 좋잖나?"

천류영은 고개를 돌려 그를 바라보았다.

취존에게 '당신은 강하지만 인간의 품격이 모자라서 응할 수 없다'고 말하면 어떤 반응을 보일까?

'인간을 상대로 고문을 일삼는 당신은 쓰레기야'라고 말한다면?

천류영은 피식 실소를 뱉었다.

쓸데없는 말이다.

제 힘에 도취된 권력자에게 조언이란 그저 쓴소리에 불과하다. 그리고 그런 쓴소리는 오히려 독재자의 광기만 더 부추기게 될 뿐이다.

천류영이 다시 앞으로 고개를 돌려 풍경만 바라보자 취존은 입맛을 다시다가 뒤의 장한에게 말을 건넸다.

"천류영을 내실로 데려가라."

지하 고문실이 아니라 내실로?

천류영이 의아한 표정으로 바라보자, 취존이 히죽 웃었다.

"흡족한 건 아니지만 나쁘지 않은 조언이었다. 그 포상으로 사흘간 더 쉬게 해주지."

천류영은 다시 피식 웃고 말았다.

취존, 이 사람.

그렇게 말하면 아량이 있는 것처럼 보인다고 생각하는

것이다. 하지만 천류영의 눈에는 반대로 보였다.

여전히 사람을 가지고 노는 장난감으로밖에 여기지 않았다.

취존은 천류영을 보며 쓴 미소를 짓고는 입을 열었다.

"언제라도 마음이 바뀌면 말해라. 기다려 줄 테니까."

천류영은 장한이 다가오는 것을 보다가 입을 열었다.

"취존."

취존의 얼굴이 반색했다.

"왜 마음이 바뀌었나?"

천류영은 담담한 표정으로 고개를 저었다.

"당신이 준 포상에 대한 보답은 해야 할 것 같아서."

실상은 보답이 아니다. 저들의 분열을 가속화시키고 싶은 거지.

"궁금하군. 무슨 보답이지?"

"천하상회."

취존의 얼굴이 굳었다. 그는 의아한 얼굴로 천류영을 보며 물었다.

"천하상회?"

천류영의 말을 따라 하던 취존의 눈에 기광이 스쳤다. 그의 눈가가 파르르 잔 경련을 일으켰다. 천류영이 고개를 끄덕이며 말했다.

"천하상회는 이익을 좇는 장사치. 그들은 당신들을 계

속 믿어도 될지 고민을 시작했을 거요."

"그, 그들과 우리는⋯⋯."

"아오. 아주 오랫동안 함께 일을 도모해 왔지. 하지만 그들이 지금까지 당신들과 함께한 이유는 당신들에게 절대적인 힘이 있고, 또한 그들에게도 이익이 되기 때문이었소."

"⋯⋯."

"그런데 작금의 상황을 보시오. 일존이나 당신처럼 그들도 당황하고 있을 거요. 과연 당신들이 패왕의 별이 될 수 있을까, 라는 의심이 드는 것이 당연지사."

취존은 술을 벌컥벌컥 마셨다.

계속 마시는데도 술이 확 깨는 기분이었다.

천하상회와 십천백지의 관계는 수백 년간 이어져 왔다. 그렇기에 의심하지 않았다.

하지만 천류영의 말마따나 그들은 장사치다.

이익이 되지 않는다고 판단하는 순간, 안면몰수할 가능성이 없지 않았다.

천하상회가 자신들에게서 돌아선다면?

가뜩이나 마교와 사육주의 전력이 예상을 상회하는데, 그들에게 천하상회의 전폭적인 지원이 뒤에서 이뤄진다면?

취존은 입술을 피가 날 정도로 꽉 깨물었다.

지금 상황이 어렵게 꼬였지만, 일존과 자신이 나서면 회복 가능하다. 그러나 천하상회가 돌아선다면 패왕의 별을 차지하는 게 어려워질 수도 있다.

그것만큼은 막아야 한다.

천하상회가 돌아서기 전에 단속할 필요가 있었다.

취존은 일존이 낙양과 가까운 곳에 있으니 천하상회를 찾아가 보라고 연통을 넣어야겠다는 생각이 들었다.

취존의 얼굴이 또다시 일그러졌다.

천류영의 이번 조언도 확실히 의미심장했다. 결코 무시할 수 없는 말.

문제는 이 발언 또한 자신들의 내부 분열을 획책하고 있다는 점이다.

놈의 의도가, 속셈이 빤한데도 반박할 수가 없었다.

취존은 아연한 눈빛으로 천류영을 보며 고개를 절레절레 저었다. 그리고 그의 입에서 신음 같은 탄식이 흘러나왔다.

"으으음, 세 치 혀란 정말 무섭구나."

*　　　　　*　　　　　*

낙양성에서 십 리 떨어진 곳에 위치한 천하상회의 총타.

무려 오백여 개의 전각들이 모여 있는 그 넓은 지역에서 가장 화려한 곳을 꼽으라면 황화원(黃花園)이란 후원일 것이다.

그 후원의 중앙에 자리한 정자에서 중년인이 홀로 차를 마시고 있었다.

그는 바로 천하상회의 소회주, 황사의.

부친인 회주가 의식을 회복하지 못하면서 실질적으로 천하상회를 이끌고 있는 인물이다.

맴맴맴맴맴.

매미 소리가 초록으로 물든 후원에 가득 울렸다.

황사의는 부채질을 하며 뭔가 골똘하게 생각에 빠져 있었다. 그러더니 곧 그의 입에서 장탄식이 흘러나왔다.

"후우우, 어렵구나, 어려워."

그가 지금 고민하는 것은 바로 누가, 혹은 어떤 세력이 패왕의 별에 등극할 것이냐는 문제였다.

솔직히 올봄까지 자신이 이런 고민을 하게 될 것이라고는 상상도 하지 못했다.

물론 대업을 이루려면 어느 정도의 난관은 있기 마련이다. 하지만 준비를 끝내고 실제로 판을 펼쳐 보니, 예상과 달라도 너무 달랐다.

경천동지할 무력을 가진 십천백지가 이렇게 밀릴 것이라고 어찌 상상이나 할 수 있었겠는가.

물론 십천백지의 진정한 힘은 일존과 이존에게 있다.

그러나 다른 천존들의 무력도 결코 경시할 만한 것이 아니었다. 아니, 그들의 힘도 어마어마했다.

그런데 그들이 이렇게 허무하게 무너지다니.

더 큰 문제는, 정파인들에게 십천백지는 이제 더 이상 전설이 아니라는 점이었다. 독선과 자만으로 정파를 망친 원흉이 되어 욕을 먹고 있는 상황.

이런 상황이라면 일존과 이존이 나서서 수습하더라도 과연 패왕의 별에 오를 수 있을지 의문이었다.

아니, 그전에…… '그들은 정말 마교와 사육주를 물리칠 수 있을까'라는 근원적인 회의감이 들기 시작했다.

"거참, 무림은 정말 넓구나. 십천백지의 천존과 같은 괴물들이 그렇게 깨지다니."

황사의는 혼잣말을 하며 정자의 바닥에 둔 두 장의 서찰을 보았다.

하나는 마교가, 다른 하나는 사육주가 보낸 것이다.

대규모 전쟁은 많은 돈을 필요로 한다.

마교나 사파는 지금까지 비축해 둔 자신들의 재화로 전투를 치러왔다. 하지만 전쟁이 장기화되면서 돈이 궁해졌다.

양 세력은 그 타개책으로 천하상회에 은밀하게 손을 벌린 것이다. 어느 정도의 지원을 해주면 무림의 패권을 차지한 후 크게 보상하겠다는 약조와 함께.

그리고 그들은 이제 자신들에게 그런 제안을 할 자격이 있었다.

황사의는 두 서찰을 보며 한숨을 머금었다.

중원에서 무림을 장악한 세력과 등을 지는 것은 바보짓이다. 천하상회가 이렇게 클 수 있었던 까닭은, 바로 무림을 수백 년간 뒤에서 좌지우지한 권력자 십천백지와 손을 잡았기 때문이다.

하지만 이젠 십천백지와의 관계를 심각하게 고민해야 할 때였다.

"아버지께서는 양쪽에 다 성의를 표하라고 하셨지만, 그래도 승산이 높은 쪽에 조금 더 주는 게 낫겠지."

그가 중얼거리며 언급한 아버지.

그는 바로 의식을 잃었다는 천하상회의 주인이다.

사실 그는 멀쩡했다. 다만, 동창의 감시를 피해 죽은 듯 쉬고 있을 뿐.

그때, 후원으로 네 사람이 들어섰고, 시끄럽게 울어 대던 매미들이 일시에 숨을 죽였다.

한 사람은 이곳의 집사고, 세 사람은 손님이다.

그런데 그 손님들의 외모가 재미있었다.

한 명은 중원인이고, 두 명은 색목인이었다.

그 색목인 중 호위로 보이는 자는 곤륜노(崑崙奴:흑인)

였고.

얼굴이 보이지 않는 방갓을 쓴 흑인 호위를 보며 황사의는 묘한 위화감을 느꼈다. 뭐라 딱 꼬집어 말할 수는 없지만, 가슴이 왠지 답답해졌다.

"흐음, 독특한 자로군."

황사의는 중얼거리면서 앞에 놓인 서찰을 품속에 넣었다.

그들이 정자 가까이 다가오자 황사의는 자리에서 일어나 그들을 맞았다.

"어서 오십시오."

그가 가식적인 미소를 지으며 반기는데, 손님 중 중원인이 눈살을 찌푸리며 말했다.

"당신 얼굴 한 번 보기가 정말 더럽게 어렵군."

그들을 데리고 온 집사가 당황하며 눈을 부라렸다. 하지만 황사의는 미소를 잃지 않고 집사에게 가보라는 손짓을 했다. 그러고는 짜증을 낸 사내를 향해 부드럽게 말했다.

"들어서 아시겠지만, 올봄에 큰 화재가 있었습니다. 그로 인해 많은 일들이 생겼지요."

"흥! 고작 그런 일 때문에 천하상회의 주인이 이리 게으름을 피우다니. 장사치가 맞긴 맞소?"

황사의의 얼굴에서 미소가 엷어졌다. 대신 노기가 살짝

맺혔다.

이자들은 서역 상단 사람으로, 천하상회와 거래를 하러 온 것이다. 자신들도 장사치면서 이렇게 대놓고 면전에서 핀잔이라니.

"무례가 지나치군요."

목소리에 노기가 은은히 실렸다.

"나도 원래 이럴 생각은 아니었소. 그래도 오십 일 넘게 사람을 기다리게 하는 법이 어디에 있소? 우리가 그렇게 한가한 사람이라 생각되시오?"

그는 여전히 신경질적인 어조로 말하며 정자에 올라앉았다. 그와 함께 색목인도 옆에 앉고, 방갓을 쓴 흑인 호위는 정자 밖에서 대기했다.

황사의는 속으로 혀를 끌끌 차며 노염을 삼켰다. 만약 이놈들이 가져온 거래 조건이 흡족하지 않다면 퇴짜를 놓겠다고 다짐하며.

"즐기시는 차라도 있습니까?"

황사의가 마주 보며 앉자 상대가 입을 열었다.

"곧바로 본론으로 들어갑시다. 우리는 상단 사람이 아니오."

황사의의 표정에 어린 노기가 짙어졌다. 그가 침묵하자 상대가 계속 말했다.

"내 이름은 방우, 배교의 소교주요."

"……!"

방우 옆에 앉은 은발의 색목인이 말했다.

"나는 마쿠다. 배교의 수석 장로요."

두 사람의 말이 끝나기 무섭게 후원의 곳곳에서 사람들이 모습을 드러냈다.

인원은 이십 명.

지금껏 전혀 기척이 없던 것에 비하면 지독하게 강한 기운을 흘리는 고수들이었다.

스스스슷.

나무, 돌사자상과 같은 조형물 뒤에서 등장한 그들은 모두 발검의 자세를 취하며 정자를 포위했다.

마쿠다가 그들을 훑으며 씩 미소 지었다.

"은신술이 제법이군."

황사의는 경악한 표정을 풀고 웃었다.

"하하하, 세상에! 무림 공적인 배교가 우리를 방문할 줄이야. 대체 무슨 일로……."

방우가 황사의의 말을 끊었다.

"돈이 필요하오, 그것도 아주 많이."

배교는 이번 전쟁에서 수확을 많이 거두고 있었다. 그것은 바로 고수들의 시체.

그 시신들을 모두 특강시로 만들고 싶었지만, 여건이 되지 않았다. 특강시 한 구를 제조하는 데 들어가는 돈은 어마어마하니까.

원래의 예상대로라면 지금 가진 특강시로도 충분했겠지만, 천마검이 고려되었다.

강시왕으로 만들기 직전 탈주한 천마검은 금강불괴의 육체까지 얻어 그 무력이 어느 정도인지 가늠하기 힘들었다.

유비무환이라.

배교주는 무상을 강시왕으로 만들려는 것에 더욱 집착하며 열을 올렸고, 방우는 구악과 같은 특강시를 몇 구 더 제작하려는 것이었다.

그러기 위해서는 천문학적인 돈이 필요했다.

황사의가 자리를 박차고 일어나며 윽박질렀다.

"이자들이 정말 보자보자 하니까 무례가 끝이 없군. 지금 당장 당신들을 죽이라고 명하지 않은 것만으로도 감지덕지해야 할 판에……."

방우가 또 그의 말허리를 끊었다.

"해보시오."

"뭐라?"

"우리를 죽이라고 수하들에게 명을 내려보란 말이오."

2

황사의의 얼굴이 분노와 짜증으로 씰룩거렸다.

"당신들, 정말 죽고 싶은 것인가? 하하하, 이봐, 이곳은 내 허락 없이는 아무도 접근하지 못한다. 당신들이 비명을 지르며 죽어가도 아무도 나타나지 않을 거란 말이야."

"그것참 잘됐군. 그럼 바로 명을 내리시오."

"기가 막혀 말이 안 나올 지경이군. 나는 지금 천하상회의 실질적인 주인과 다름없다. 그런 나를 지키는 호위들이 어느 정도 실력인지 감이 안 온단 말인가?"

"그러니까 명을 내려보란 말이오."

"……."

"우리 호위인 구악의 실력을 눈으로 직접 봐야 다음 얘기가 쉬워질 테니까."

황사의는 이글이글거리는 눈으로 방우를 쏘아보며 말을 받았다.

"시비를 걸러 온 것인가?"

"아니, 당신에게 아주 큰 선물을 주러 왔소."

"선물?"

"우리에게 자금을 지원하면, 당신은 지금 보고 있는 구악과 같은 고수를 노예로 얻게 될 것이오. 결코 돈으로 값을 매길 수 없는 괴물을."

황사의의 눈동자에 이채가 스쳤다.

그는 방갓을 쓴, 구악이라 불리는 흑인을 보면서 차분해진 어조로 물었다.

"느낌이 이상하다 했는데, 사람이 아니라 강시였나?"

"그냥 강시가 아니오. 특강시지."

"특강시? 아! 빙봉이 이끄는 정파인들이 배교의 강시들을 처리할 때, 꽤 애를 먹인 강시들이 있었다고 하더니."

"그것들과 구악은 차원이 다르오."

"얼마나?"

방우는 대답 없이 씩 미소 지었다. 그러자 황사의도 고개를 끄덕였다.

"하긴, 직접 확인하는 게 가장 확실하겠지."

황사의는 손을 들었다. 그러자 호위들이 기세를 피워 올리면서 구악을 노려보았다.

황사의는 방우를 보며 말했다.

"내 감상이 실망스럽다면, 당신들은 이곳에서 살아 나가지 못할 거야."

그의 손이 밑으로 떨어졌다. 동시에 이십여 호위가 구악을 향해 날듯이 움직였다.

쇄애애애액.

가장 선두에 선 두 호위의 검이 구악의 몸통을 향해 짓쳐 들었다. 순간, 망부석처럼 멍하니 서 있던 구악의 팔이 움직였다.

쩡, 쩡!

그의 주먹이 두 개의 검을 튕겨냈다. 그러고도 그의 주먹이 계속 뻗어 나갔다.

콰직, 콰직!

"컥!"

"큭!"

선두의 두 호위의 입에서 고통스런 단말마가 터졌다. 그리고 그들의 눈이 화등잔만 하게 커졌다.

구악의 두 주먹이 그들의 가슴을 파고든 것이다. 구악은 갈비뼈를 부수고 그 안에 있는 심장을 빼냈다.

쏴아아아.

피 분수가 그들의 뻥 뚫린 가슴에서 폭발했다.

쉼 없이 구악이 움직였고 화려한 후원에 지옥도가 펼쳐졌다.

반 각의 반에 불과한 시간.

그 짧은 시간에 이십 호위가 모두 죽었다. 그들 중 다섯은 공포에 질려 도망가다가 당했다.

방우는 불신의 표정으로 질려 있는 황사의를 보며 말했다.

"패왕의 별은 본 교가 될 것이오. 그 세상에서 당신의 천하상회는 더욱 번창할 것이고."

"……."

"이제 거래에 대해 세세히 논의할 생각이 생겼소?"

황사의는 입술을 꾹 깨문 채 침묵했다.

방금 죽은 스무 명의 호위 중엔 절정고수가 세 명, 초절정고수가 한 명 섞여 있었다. 그런데 이리 허무하게 당하다니.

이 구악이라는 특강시는 절대고수 못지않았다.

아니, 어쩌면 더 강할지도 모른다!

하지만…… 비록 장사치는 이익을 좇는다지만, 배교는 너무 위험했다.

그러나 정말 이들이 패왕의 별이 된다면?

쉽지는 않겠지만, 가능성이 조금이라도 있다면 어느 정도의 지원을 해주는 건 나쁘지 않은 선택이다.

보험 차원에서.

그래서 마교와 사육주에도 일정한 지원금을 보낼 생각이었으니까.

설사 배교가 패왕의 별이 되지 못하더라도 특강시라는 괴물을 노예로 부릴 수 있다면?

이건 제법 흥미가 동했다. 아니, 아주 많이.

절대고수에 준하는, 혹은 그 이상의 괴물을 노예로 부린다라……

그의 머릿속에서 주판알이 쉬지 않고 튕겨졌다.

방우가 그런 황사의를 지켜보다가 말했다.

"우린 오십 일이나 당신을 기다렸소. 대체 또 얼마나 기다리게 할 셈이오?"

황사의는 한숨을 흘리며 말했다.

"이건 내가 결정할 수 있는 사안이 아니오. 나와 함께 아버지를 뵈러 갑시다."

*　　　　*　　　　*

철썩, 철썩.

파도 소리가 해안가를 따라 잔잔하게 울렸다.

백호단 부단주, 원풍은 모래사장 위에 주저앉아서 장엄한 낙조가 펼쳐지는 바다를 보고 있었다.

그는 천류영과 방야철이 해적에게 죽었다는 소식을 전해 듣고는 무림맹 사천 분타주, 무적검 한추광에게 바로 사직서를 제출했다.

낭인 출신이던 그가 무림맹에 들어간 이유는 단 하나였다.

존경하는 낭왕을 따라간 것이다.

그런데 그가 죽었으니 무림맹에 남아 있을 이유가 없었다.

원풍을 따라 백호단의 상당수가 사직서를 제출했다.

그에 한추광은 사표를 수리하지 않고 장기 휴가를 내주

었다.

중원의 한가운데를 공략 중인 마교나 사육주가 언제 방향을 틀어 사천성으로 몰려들지 모르는 시국이었다.

이러한 전시에 장기 휴가란 말도 안 되는 일이었다.

특히 백호단은 모두 실전 경험이 풍부한 고수들인지라 전력의 공백이 상당할 수밖에 없었다.

그러나 한추광은 백호단을 위로하며 돌아오고 싶을 때 돌아오라고 했다. 그것이 설사 십 년이 걸릴지라도 기다리겠다고.

하지만 원풍을 비롯한 백호단원들은 그럴 생각이 없었다.

한때 생사를 같이한 전우들을 남겨두고 떠나는 것이 미안하기도 했다. 하지만 무림서생과 낭왕이 없는 무림맹을 위해서 계속 목숨 바쳐 싸우고 싶은 생각은 손톱만큼도 없었다.

원풍은 취해서 흐리멍덩해진 눈으로 바다를 보며 흐느끼다 웃다를 반복하다가 중얼거렸다.

"낭왕, 당신께서 절 죽음에서 구해준 것이 몇 번인지 아십니까? 흐흐흐, 무려 열두 번입니다, 열두 번. 그때마다 저는 다짐했습니다."

그는 술을 마시려다가 동난 것을 알고는 호리병을 팽개쳤다. 그러고는 한숨과 함께 말했다.

"한 번만이라도 당신의 목숨을 구해 드리겠다고 말입니다. 그런데…… 그런데 그 한 번의 기회조차 주지 않고 이렇게 가버리는 게 어디 있습니까? 열두 번의 목숨 빚을…… 흑흑, 나보고 어떻게 갚으라고요! 예? 그렇게 허망하게 가버리면 안 되는 거잖습니까? 따라오라고 하셨잖습니까? 출신이 비천해서 핍박받는 낭인들도 실력만 있으면 출세할 수 있는 세상을 만들어주겠다고 하셨잖습니까?"

원풍의 중얼거림이 슬픔과 뒤섞여 고함이 되었다. 그는 고래고래 소리를 질러 댔다.

"무림맹에서 그렇게 천대받으면서도 아등바등 버티시다가…… 무림서생을 만나 이제야 빛을 보는가 싶었는데…… 그런데 왜! 왜 이렇게 가십니까? 그동안의 굴욕과 고생을 하나도 보상받지 못하고……."

그는 결국 울먹거리며 말을 잇지 못했다. 그의 주변에 널브러져 있던 백호단원들도 소매로 눈가를 훔쳤다.

그때, 백호단의 막내인 차루가 백사장으로 뛰어 들어오면서 외쳤다.

"부단주님! 부단주님!"

원풍은 고개를 돌려 차루를 보면서 얼굴을 찌푸렸다.

"제길, 부단주 아니라고! 나는 이제 무림맹 백호단 소속이 아니라 그냥 낭인이야. 바람 따라 떠돌다가 죽어버릴 낭인이라고."

차루가 고함을 지르면서 다가왔다.

"부단주님, 절강 분타에 가보셔야겠어요! 빙봉 분타주 께서……."

"빙봉 분타주는 개뿔. 나 그 계집 싫어. 요즘 괜찮아졌 다지만, 맺힌 거 많다고. 나 뒤끝 길어!"

차루는 원풍 앞에 멈춰서 숨을 헉헉 몰아쉬다가 말했 다.

"빙봉 분타주께서 모셔 오래요."

"안 간다니까. 너도 이제 거기 그만 가. 우리는 이제 무림맹과 안녕이라고!"

차루가 정색하며 목소리를 낮추고는 말했다.

"어쩌면 무림서생님과 낭왕께서 살아 계실지도 모른다 고……."

그 말이 끝나기도 전에 원풍이 언제 취해 있었냐는 듯 벌떡 일어났다. 흐리멍덩하던 그의 눈이 무섭게 빛났다. 뿐만 아니라 주변에 널브러져 있던 백호단원들도 고개를 번쩍 들었다.

원풍이 차루의 양어깨를 손으로 움켜쥐며 말했다.

"뭐? 지금 너 뭐라고 그랬어? 농이면 죽여 버릴 줄 알 아. 무림서생과 낭왕께서 살아 있다고?"

차루가 검지를 입술에 대며 대꾸했다.

"쉿! 세상에 알려지면 안 되는 극비라고 했어요. 자칫 살아 있을지도 모르는 그분들의 목숨이 위험해질 수도 있다고."

원풍은 화들짝 놀라며 제 손으로 입을 가리다가 주변을 살폈다.

다행히 백호단원들뿐이었다. 하긴 칼 찬 무림인들이 단체로 바닷가에서 술을 마시고 있으니 누가 접근을 하겠는가.

차루가 말을 이었다.

"오늘 밤에 누군가와 비밀 회담을 갖고 움직일 거래요. 빙봉 분타주께서 원풍 부단주도 참석했으면 좋겠다고……."

원풍이 주먹을 불끈 쥐며 낮게 외쳤다.

"빙봉! 지금까지의 네 무례를 모두 용서해 주마."

백호단원들이 어느새 주변으로 몰려들었다. 그들이 앞다퉈 말했다.

"구출단을 조직하면 저도 갑니다."

"저를 빼면 당장 바다에 빠져 버릴 겁니다."

"빙봉에게 말해주십시오. 백호단의 최강자는 나라고."

"뭔 소리야? 그건 나지. 부단주, 나를 꼭 합류시켜야 합니다."

원풍은 단원들의 말을 듣는 둥 마는 둥하면서 계속 심

호흡을 하다가 고개를 끄덕였다.

"알았다. 하지만 너무 기대는 하지 마라. 이런 일은 비밀리에 진행해야 하니까 많은 사람을 동원하지는 못할 거야. 어쨌든 나는 지금 바로 빙봉에게 갈 테니……."

원풍은 바로 눈앞에 있는 차루를 보며 순간 말문을 잃었다. 저녁노을에 붉어진 차루의 얼굴이 너무 기괴했기 때문이다.

눈은 찢어질 듯 커져 있고, 턱이 빠져라 입을 벌리고 있었다.

"차루! 인마, 정신 차려. 나도 설레긴 하지만, 아직 확실한 건 하나도 없어. 이럴 때일수록……."

차루가 원풍의 말허리를 끊었다.

"지금 저…… 꿈꾸는 거 아니죠?"

"뭐? 하긴 나도 네 말을 듣고 그런 생각 했다. 그런데 정작 네가 그런 말을 하면 어떻게 하냐?"

차루가 팔을 들었다. 그러고는 검지로 앞을 가리키며 말했다.

"제 눈이 이상한 건가요? 저기 앞에 오는 돛단배 봐요."

"뭐?"

"저 뱃머리에 사람이 있는데……."

원풍은 고개를 돌렸다. 백호단원들이 일제히 차루가 검

지로 가리키는 방향을 보았다.

붉은 하늘, 붉은 바다.

그 붉음을 뚫고 작은 돛단배가 들어서고 있었다. 그리고 그 선수에 서 있는 한 사람.

원풍도 차루의 표정처럼 변해갔다. 백호단원들의 얼굴도 그렇게 변했다.

눈은 화등잔만 하게 커지고, 턱은 빠질 듯 떨어졌다.

그리고 그들의 몸에 잔 경련이 일어났다.

백호단원 중 누군가가 눈을 비비며 말했다.

"제길, 이거 꿈 아니지?"

그는 울먹거리고 있었다. 아니, 모두 말은 안 해도 다들 울먹거리며 천천히 다가오는 돛단배를 보았다. 그 돛단배의 선수에 서 있는 사람을.

머리카락과 수염을 정리하지 못해 수북했다. 입고 있는 옷은 갈가리 찢겨 넝마가 더 깨끗하게 느껴질 정도였다.

이래서야 저 사람이 누군지 알 수가 없다.

그렇지만 백호단원 모두는 알고 있었다.

목 놓아 부르고 싶었다.

그럼에도 아무도 소리 내지 못했다.

마치 누군가가 소리 내면 꿈처럼 깨어질까 봐.

꿈에서 깨어나며 허탈해질까 봐.

돛단배가 십여 장 거리로 가까워졌다.

그러자 그 사람이 돛단배의 주인에게 목례를 하더니 뛰어내렸다.

순간, 원풍은 자신도 모르게 '헉!' 하는 기겁성을 토했다.

철퍽, 철퍽, 철퍽! 철퍽!

그 사람이 바다 위를 걷는다. 물 위를 걸어서 자신들에게 오고 있었다.

차루가 울먹거리면서 말했다.

"제길! 역시 꿈이었어."

모두가 허탈해하면서도 시선을 떼지 못했다.

그리고 마침내 그가 백사장 위로 올라섰다.

이제 서로의 거리 불과 삼 장.

낭왕 방야철은 원풍과 백호단원들을 보면서 입을 열었다.

"난 괜찮다."

"……?"

"천 공자에 대한 소식은 없나?"

원풍이 부들부들 떨리는 손으로 낭왕을 가리켰다.

"지, 진짜 우리 단주님이십니까?"

의심스럽다.

분명 그 사람이 맞는데, 뭔가 분위기가 변했다. 방금 물 위를 걷는 것도 그렇다. 그리고 손에서 놓지 않던 박도도 보이지 않고, 이상한 검을 옆구리에 차고 있었다.

방야철은 고개를 끄덕이며 다가섰다.

원풍과 백호단원들이 자신들도 모르게 뒷걸음질 쳤다.

방야철이 다시 물었다.

"천 공자 소식은?"

차루가 멍한 표정으로 답했다.

"오늘 밤에 천 공자와 낭왕님의 소재 파악에 관한 중요한 회의가 있다고…… 아니, 낭왕께서는…… 우리 단주님은 여기 계시니까……."

그가 머리가 뒤죽박죽된 듯한 표정으로 말을 잇지 못하자 방야철이 입술을 꾹 깨물다가 한숨을 토해내듯 말했다.

"다행이군."

"……."

"조금만 늦었다면 천추의 한이 될 뻔했어."

원풍이 조심스럽게 낭왕에게 다가가 슬며시 턱수염을 잡아당겼다.

빠각!

방야철의 주먹이 원풍의 이마를 강타했다.

"장난칠 때가 아니다."

원풍이 백사장에 나자빠지며 환하게 웃었다. 눈물을 펑펑 흘리면서 그렇게 웃었다.

"이 손맛! 얘들아, 단주님이시다!"

백호단원들이 일제히 환호하며 방야철에게 달려들었다.

*　　　　　*　　　　　*

낭왕이 선두에 서고, 백호단이 그 뒤를 따랐다.

그들은 그렇게 어둑어둑해진 무림맹 절강 분타의 입구를 향해 걸어갔다.

원풍은 앞에서 성큼성큼 빠르게 걷던 낭왕의 걸음이 정작 절강 분타가 보이자, 그때부터 현저하게 느려지는 것을 보며 가슴이 아팠다.

이해할 수 있었기 때문이다.

많은 것이 궁금하지만 낭왕의 한마디에 모두 조용해졌다.

"나는…… 천 공자를…… 그분을 지키지 못했다."

그 한마디에 어려 있는 아픔과 슬픔이 너무 깊게 느껴져서 더 이상 질문을 할 수 없었던 것이다.

그가 마침내 절강 분타의 앞에 섰다.

정문에서 번을 서던 무사들 중 한 명이 앞으로 나와 원풍에게 알은체를 하며 눈짓으로 물었다.

선두에 있는, 거지 행색의 이 사람은 누구냐고.

원풍이 입을 열기 전에 방야철이 말했다.

"낭왕 방야철이네."

"……."

"낭왕이네."

여전히 못미더운 표정을 보며 원풍이 한숨을 삼키고 말했다.

"우리 백호단의 단주님, 낭왕이시네."

순간, 정문에 있던 무사들이 눈을 동그랗게 떴다. 그들이 입을 쩍 벌리고 경악했다.

누군가 외쳤다.

"진정 낭왕이십니까?"

방야철이 고개를 끄덕였다. 그러자 환호성이 일었다.

"와아아아아아!"

그 함성 중에 외침도 있었다.

"낭왕께서 살아 계시다. 그럼 우리 분타주님도 살아 있다는 말이잖아."

초로의 무사가 외치듯 물었다.

"혹시 분타주님도 함께 오신 겁니까?"

낭왕은 입술을 깨물었다.

가슴이 조여 왔다. 눈이 시큰했다. 하지만 눈물을 흘릴 수 없었다. 자신은…… 자격이 없으니까.

정문이 열렸다.

고함이 빗발쳤다.

"낭왕께서 오셨다!"

"낭왕께서 돌아오셨다! 낭왕께서 살아서 돌아오셨다!"

그 외침 중에 천류영을 찾는 목소리도 있었다.

"분타주님은 어디 계십니까?"

"분타주께서는 언제 오십니까?"

방야철은 입술을 꾹 깨문 채 앞으로 걸었다.

거리로 무사들이 쏟아져 나왔다. 그들이 낭왕을 연호하며 기쁨의 눈물을 흘렸다.

암울한 소식만 들려오던 이곳에 드디어 빛이 찾아들었다. 모두가 그 빛에 열광하며 주먹을 불끈 쥐고 환호했다.

"낭왕! 낭왕! 낭왕! 낭왕! 낭왕!"

그 연호가 합창이 되어 무림맹 절강 분타를 쩌렁쩌렁 울렸다. 하지만 그 기쁨의 합창이 방야철에게는 지옥처럼 느껴졌다.

서언 주작단주가 달려 나왔다.

"낭왕! 낭왕님이 맞습니까?"

팽우종도 나왔다. 독수 당철현도 뛰어나왔다. 그들이 모두 낭왕을 보고는 반색하며 안으려고 했다.

그러나 방야철은 입술만 꾹 깨문 채 목례로 인사를 대신했다.

그의 표정이 심상치 않아서일까?

당철현이나 서언, 팽우종이 간단한 인사 후 아무 말 없이 그를 따랐다. 그렇게 수많은 무사들이 방야철을 따랐다.

여전히 많은 이들이 낭왕을 연호하고 함성을 질러 댔다. 화톳불에서 나무를 꺼내 횃불을 만들어 흔들어 댔다.

빙봉 모용린이 모습을 드러냈고, 풍운도 나타났다. 조전후도 헐레벌떡 뛰어왔다.

그러나 방야철은 멈추지 않았다.

가장 먼저 만나야 할 사람.

그리고 마침내 그녀가 방야철 앞에 섰다.

독고설.

그녀의 등장과 함께 함성이 사라졌다.

모두가 조용히 그녀와 방야철을 보았다.

그녀는 눈에 그렁그렁한 눈물을 가득 담고 천천히 말했다.

"살아 계셨군요. 다행입니다."

그녀는 방야철의 옆구리에 달린 무애검을 보았다. 심장이 아파왔다.

방야철의 꽉 깨문 입술이 터져 피가 흘렀다. 수척해진 그녀를 보니 눈물을 참기 힘들었다. 그의 한쪽 무릎이 꺾였다.

그렇게 낭왕 방야철이 그녀를 향해 부복하며 말했다.

"검봉, 미안합니다."

독고설은 주먹을 꽉 움켜쥐었다. 방야철이 고개를 들어 말을 이었다.

"지키지 못했습니다."

결국 방야철의 눈물이 터졌다. 그리고 독고설도 눈물을 쏟아냈다.

방야철이 울음을 삼키며 힘주어 말했다.

"천 공자를 구해낼 때까지만…… 그때까지만 나를 용서해 주십시오."

"살아…… 있는 건가요?"

"그렇습니다."

독고설이 털썩 주저앉더니 손을 들어 눈을 가렸다. 그러고는 마치 아이처럼 소리 내어 엉엉 울었다.

"됐어요. 살아 있으면 됐어요. 엉엉엉."

3

절강성 항주의 환락로에 위치한 어느 객잔 오 층.

많은 손님들이 와자지껄 떠들며 술과 요리를 즐기고 있었다. 그들의 주 대화 내용은 요즘 강호무림의 정세에 관한 것이었다.

동정호 군산도에 위치한 무림맹 총타에 얼마 전 입성한

사육주와 무상 손거문의 신위, 그리고 강북무림을 사실상 제패한 천마신교에 관한 것이 주를 이뤘다.

또한 풍전등화 같은 정파의 위기에 모두들 긴장하면서도 정파의 고수라고 알려진 이들에 대한 신랄한 비판이 이어졌다.

대체 정파는, 전설이었던 십천백지를 포함해서, 어떤 기준으로 특급이니 절정 혹은 초절정과 절대고수를 정했냐는 얘기였다.

자만과 안락에 빠져 있던 정파는 고수들의 기준을 처절한 생사투가 아닌, 내공과 형식에 치우쳐 적용하다 오늘날의 비극을 불러왔다는 것이 대체적인 주장이었다.

또한 마교나 사파가 진짜배기 고수들을 수두룩하게 양성하는 동안 정파는 당최 무엇을 했느냐는 조롱도 이어졌다.

물론 정파의 문제점을 다르게 지적하는 사람도 있었다.

정파의 고수들이 마교나 사파의 드러난 실력에 못 미치는 건 사실이나, 그것만으로 이렇게 참패를 당했다고 주장하는 건 설득력이 떨어진다는 것이었다.

그 예로 무림서생이 참가한 전투는 정파가 모두 승리했다는 점을 들면서, 이번 전투에 무림서생이 있었다면 결과는 달라졌을 수 있다는 논지였다.

즉, 정파는 고수의 질보다 그 고수들을 부리는 용병술

에서 뒤진 것이 더 큰 패인이라고 지적했다.

어쨌든 그렇게 난무하는 대화 중에서 모두가 열을 올리며 논쟁을 벌이는 화두가 있었는데, 바로 누가 패왕의 별이 될 것이냐는 문제였다.

일부는 패왕의 별이 될 인물을 정해놓고 내기까지 걸었다.

창가에 붙은 탁자에 앉은 백운회 일행은 모두 방갓을 쓴 채 조용히 차를 마시며 가끔 미소를 머금었다. 지금 활동하지 않는 천마검도 심심치 않게 패왕의 별로 거론되고 있었기 때문이다.

폭혈도가 옆에 앉은 귀혼창에게 속삭였다. 목소리가 흘러나가지 않게 기막까지 둘렀으면서도.

"역시 우리 대종사께서 소수 정예로 무림맹 총타를 휩쓴 전설이 사람들에게 제대로 각인되어 있군. 아직까지 잊히지 않고 회자되고 있는 걸 보면 말이지. ㅋㅎㅎㅎ."

귀혼창이 푸석푸석한 목소리로 폭혈도가 원하는 대답을 해주었다.

"전설을 쓰신 바로 그 소수 정예 중 한 분이 바로 형님이시죠."

"그렇지. 바로 내가 전설의 주인공 중 한 명이지. 암, 그렇고말고. ㅋㅎㅎㅎ."

폭혈도는 기분이 좋아 죽겠다는 표정으로 벌어진 입을

다물지 못했다. 귀혼창은 그동안 폭혈도의 자랑을 귀에 딱지가 앉을 정도로 들어서 짜증이 날 만도 한데, 그럼에도 여전히 부러웠다.

"그때 함께하지 못한 것이 죽을 때까지 한이 될 것 같습니다."

그러자 맞은편에 백운회와 나란히 앉아 있던 관태랑이 맞장구쳤다.

"나 역시 마찬가지야. 억지를 부려서라도 따라갔어야 했어."

상관인 천랑대주까지 그렇게 나오자 폭혈도가 어깨를 으쓱하며 위로했다.

"에이, 대주님은 그때 부대를 지켜야 했으니 어쩔 수 없었죠. 대주님이 든든하게 부대를 책임지고 계시니 대종사님이나 제가 걱정 없이 따로 움직일 수 있던 것 아닙니까."

관태랑이 엷은 한숨을 내쉬고는 중얼거리듯이 말했다.

"알지. 알면서도 부러운 건 어쩔 수가 없어. 멀리 떨어진 곳에서 소식만 기다리며 노심초사하던 그때는 정말 죽을 맛이었으니까. 물론 우리 대종사님을 믿지만……."

관태랑이 말을 멈추고 옆의 백운회를 물끄러미 보았다. 자연스럽게 폭혈도와 귀혼창의 시선도 백운회에게 향했다.

관태랑은 계속 창밖만 보고 있는 백운회를 보며 쓴웃음을 깨물었다.

지금 백운회가 창을 통해 내려다보고 있는 건 거대한 비석, 무림서생비(武林書生碑)다.

이 흥청망청하는 환락로 중앙에 세워진 비석.

그 비석 주변으로 사람들이 줄지어 서 있었다.

향을 피우고 절을 하는 사람, 그리고 그 뒤로 줄을 서서 자기 차례를 기다리는 사람들.

주루와 기루가 가득한 이곳과는 어울리지 않는 장면이었다. 하지만 그래서 더 감동적이기도 했다.

폭혈도가 그것을 보며 입맛을 다셨다.

"천 공자가 난사람은 난사람입니다. 그가 죽었다는 소문이 돈 지 벌써 백 일이 지났는데도 저리 사람이 끊이지 않는 걸 보면."

관태랑과 귀혼창이 말없이 고개를 끄덕였다.

폭혈도가 백운회를 보며 말을 이었다.

"천 공자…… 살아 있을까요? 살아 있겠지요?"

사실 그들은 이곳에 이틀 전에 도착했다. 하유가 이끄는 화선부 일행은 전날 무림맹 절강 분타로 들어갔지만, 마도인인 이들은 당연히 그럴 수가 없었다.

백운회는 하오문주를 통해 독고설에게 연통을 넣었고, 오늘 밤 삼경에 함께 모이기로 했다.

하오문주가 그동안 수집한 정보를 바탕으로 얻은 결론에 대해 이때 논의하기로 했는데, 중요한 내용은 이미 알고 있었다.

십천백지가 움직여 천류영을 납치했을 가능성이 높다는 점. 다만, 생사 여부는 확인되지 않았다.

백운회가 창밖에 시선을 고정한 채 한참 침묵하다가 입을 열었다.

"글쎄."

"……."

"쉽게 죽을 녀석은 아니니까. 그리고 천류영의 가치를 간파하고 납치했을 테니, 쉽게 죽이지도 않을 거야. 어떻게든 이용해 먹으려고 하겠지."

폭혈도가 고개를 끄덕이며 재우쳐 물었다.

"그렇겠죠?"

"그래, 그렇겠지. 다만……."

백운회는 사천성에서 천류영을 만났을 때를 떠올리며 말을 끌었다.

십천백지가 과연 천류영을 회유할 수 있을까?

권력, 금은보화, 그리고 미녀들.

천류영은 세속적인 것보다 훨씬 더 중요한 것에 가치를 두는 인물이다.

대의명분, 그리고 그것을 이루기 위한 과정까지.

십천백지가 과연 천류영의 명분과 과정을 충족시켜 줄 수 있을까?

백운회의 고개가 절로 가로저어졌다.

"그 녀석, 매우 어려운 지경에 처했을지도."

폭혈도의 작은 눈이 빛났다.

"어렵다 하시면? 고문이라도 받고 있을 거란 말씀입니까?"

"아마도."

폭혈도가 오만상을 찌푸렸다. 천류영에게는 같은 천랑대 동료들만큼은 아닐지라도 묘한 동지 의식이 있었던 것이다.

침묵하며 경청하던 귀혼창이 예전, 사천성에서 봤던 천류영을 떠올리며 입을 열었다. 그때, 천류영은 천마검을 잃고 공황에 빠진 자신들을 도와준, 엉킨 실타래를 하나하나씩 풀어준, 나름 은인이었다.

당시 그가 도와주지 않았더라면 무작정 흔적을 뒤쫓다가 함정에 빠져 비명횡사했을 테니까.

"천 공자라면 그 똑똑한 머리와 배짱, 그리고 화려한 언변으로 잘 지내고 있을지도 모릅니다."

그 말에 관태랑이 실소를 흘리며 고개를 저었다.

"아니, 대종사의 말씀이 옳아. 내가 천 공자를 납치한 천존이라면…… 천 공자가 명석한 머리로 잔꾀를 부릴 기회를 애초에 없애 버렸을 거야. 머리가 똑똑하다는 인간들은 의외로 공포에 쉽게 굴복하거든."

폭혈도가 혀를 내두르며 심드렁하게 말했다.

"아니, 대주님도 그런 상황이라면 고문을 할 거란 얘기입니까? 대주님, 그렇게 안 봤는데."

관태랑이 소리 없이 웃고는 말을 받았다.

"내가 천존이라는 가정 하에 말한 거지. 군선을 포격하면서까지 납치를 한 인간이야. 목적을 위해서는 수단과 방법을 가리지 않는다는 뜻이지."

"……."

"어쨌든 나는 천 공자를 직접 본 적은 없어. 하지만 그에 관한 건 대종사님이나 자네를 통해 많이 들었지. 그 내용을 바탕으로 지금 천 공자의 상황을 유추해 본다면……."

폭혈도가 침을 꼴깍 삼키며 말을 받았다.

"유추해 본다면?"

"자진했을 가능성이 높아."

"……!"

"천류영은 보통 먹물들과는 달라. 결코 누군가에게 굴복할 사람이 아니지. 그렇다고 불과 이삼 년 전까지만 해도 평범하던 사람인데 모진 고문을 버티기는 어렵고. 그렇다면…… 남은 답은 하나지. 대쪽 같은 선비들이 자신의 신념을 지키기 위해 목숨을 걸듯이, 그도 그런 선택을 할 가능성이 높아."

관태랑은 고개를 돌려 다시 백운회를 보며 말을 이었다.

"대종사께서는 바로 그 점을 우려하고 계신 것 아닙니까?"

백운회는 창밖에 두었던 시선을 거두고는 차를 마신 후 답했다.

"방금 말했듯이 쉽게 굴복하거나 죽을 녀석은 아니야. 하지만 자네 말대로 버티는 것 역시 쉽지 않겠지. 아니, 매우 어렵겠지."

"……."

"지금은 살아 있을지 몰라도, 과연 구출대가 갈 때까지 버틸 수 있을까? 그것까지는 자신할 수 없군."

폭혈도의 표정이 대번에 우울해졌다.

"젠장, 기껏 구하러 갔는데 죽었으면 완전히 헛걸음하는 거잖아요."

그의 말을 관태랑이 끊었다.

"그것보다 더 중요한 건, 그가 죽었을 경우에 우리가 어떻게 대처해야 하는 가야. 우리는 그가 교주를 저지해주길 바라고 있었어. 그런데 그가 죽었다면 우리는 새로운 계획을 짜지 않으면 안 돼."

귀혼창이 동의했다.

"저도 그 점이 계속 신경 쓰입니다. 철천지원수, 배신자 교주가 연전연승하면서 패왕의 별 후보로 이름이 거론되는 것을 듣고 있노라면, 구역질이 나올 것 같고 이가 갈립니다."

폭혈도가 대놓고 한숨을 쉬었다.

"후우우우, 이거…… 사육주가 교주를 저지해 주길 바라야 하나? 나는 그 무상이란 놈, 본 적도 없지만 왠지 싫은데."

관태랑과 귀혼창이 미소로 고개를 끄덕여 찬동했다.

그들이 무상 손거문을 싫어하는 이유는 단순했다.

요즘 들어 천마검보다 무상 손거문이 더 강할 거라는 소문이 빠르게 퍼지고 있었기 때문이다.

폭혈도는 남은 차를 다 마시고는 백운회와 관태랑을 번갈아 보며 물었다.

"교주가 남은 정파를 정리하고, 사육주까지 제압하면? 그리고 숨어 있는 배교까지 처단하고 천하일통을 하게 되면 우리는 어떻게 되는 겁니까?"

기실 그동안 고민하던 부분이었다.

같은 마교도로서 조용히 있다가 천하를 일통한 교주의 뒤통수를 친다?

만약 그렇게 한다면 패왕의 별은커녕 천하에 둘도 없는

배신자요, 호로자식으로 찍힐 판이다.

관태랑도 그 점을 숙고해 왔지만, 뾰족한 답이 나오질 않았다. 당연히 그의 시선도 백운회에게 향했다.

작고 세심한 부분까지 챙기는 관태랑이지만, 역시 커다란 그림을 그리는 것은 백운회를 따라갈 수 없었기에.

백운회는 쓴웃음을 깨물며 침묵했다. 하지만 세 명 모두 답을 기다리는 모습을 보이자 결국 입을 열었다.

"그렇게 된다면…… 인정해야겠지."

폭혈도가 눈을 치켜떴다.

"예? 뭘요? 뭘 인정합니까? 설마 그 배신자 놈을 패왕의 별로 인정하자는 말씀입니까? 저는 죽어도 못합니다. 그놈 때문에 죽어간 동료와 수하들이 얼마인데……."

폭혈도가 입술을 바르르 떨며 주먹을 움켜쥐었다. 귀혼창도 그답지 않게 얼굴까지 붉히며 고개를 저었다.

"천부당만부당하신 말씀이십니다. 저는 아직도 그놈 때문에 도망 다니던 참혹한 기억 때문에 악몽에 시달립니다."

그러나 백운회는 담담한 낯빛으로 대꾸했다.

"나라를 세우는 것보다 지키는 것이 더 어렵다고 했다."

"……."

"많은 사람들은 패왕의 별을 기대하면서 누가 천하를

일통할 것이냐에 초점을 맞추지. 하지만 난 그렇게 생각하지 않아. 누가 최고의 자리에 우뚝 서는가, 누가 천하일통을 하는가, 그런 것들은 결국 과정일 뿐이야."

"……."

"그렇게 패왕의 별에 오른다 한들, 역량이 미치지 못한다면 세상은 난세보다 더 캄캄한 폭군, 혼군의 시대가 될 수밖에 없지."

관태랑은 입술을 깨물며 백운회의 옆얼굴을 직시했다.

"그 말씀은…… 기다리겠다는 말씀이십니까? 세상이, 그리고 시대가 뇌황 교주를 가짜 패왕의 별로 인식할 때까지?"

"장부의 복수는 십 년을 기다려도 늦지 않는다고 했다."

"하지만……."

관태랑의 말을 폭혈도가 끊었다.

"십 년이고, 이십 년이고 기다리겠다고요? 왜요? 한 오십 년쯤 쓰시지요? 저는 못합니다. 설사 잠깐이라도 그 인간이 패왕의 별로 등극하는 거, 절대로 못 봅니다. 무림역사에 제가 최악의 배신자로 낙인찍힌다 해도 그놈만큼은 반드시 죽이고 말 겁니다."

그런데 관태랑이 고개를 끄덕였다.

"대종사의 의중을 알겠습니다."

폭혈도가 눈에 쌍심지를 켰다.

"아니, 왜? 왜 대주님까지 그러십니까? 솔직히 대주님 한쪽 다리 없는 것 볼 때마다 제가 다 천불이······."

폭혈도는 말꼬리를 흐리며 '아차!' 하는 표정을 지었다. 그러자 관태랑이 괜찮다는 손짓을 하고는 말을 받았다.

"십 년까지 걸리지도 않을 거다. 몇 년이면 세상이 교주의 그릇을 간파하게 될 거야."

"······."

"대종사의 말씀이 옳다. 적극적으로 움직여야 할 때가 있는 것처럼 기다려야 할 때도 있는 법이지. 초조함으로 인해 명분을 잃을 순 없어. 그리고······."

관태랑은 폭혈도에게서 백운회에게 고개를 돌리며 말을 이었다.

"애초에 교주는 패왕의 별이 될 그릇이 아닙니다. 수하를 질투하고 배신하는 자가 패왕의 별이 될 리 만무하지요. 언제까지라도 기다리겠습니다. 대종사께서 함께하는데 뭘 못하겠습니까?"

입술을 꾹 깨물고 눈을 굴리던 귀혼창이 입을 열었다.

"저도 대종사만 있으면 됩니다. 대종사의 말마따나 장부의 복수는 십 년이 지나도 늦지 않는 법이니까요. 아니, 그것도 나쁘지 않을 것 같습니다. 최고의 자리에 오른 뇌황을 끌어내리는 맛도 제법 괜찮을 것 같으니까요."

그러자 폭혈도가 입을 쩍 벌리고 관태랑과 귀혼창을 쏘아보더니 어깨를 축 늘어뜨렸다.

"뭐야? 지금 나만 조급하고 속 좁은 놈 된 거야?"

"……"

"나만 장부가 아닌 거야? 이 폭혈도가 소인배야?"

관태랑과 귀혼창은 고개를 숙이고 웃음을 참았다. 폭혈도가 기가 막혀서 성질을 내려다가 눈을 번쩍 떴다.

"어!"

오 층에 사람이 올라왔다. 그를 본 폭혈도가 방금까지 짜증내던 것도 잊고 벌떡 일어났다.

"이야! 오랜만이다."

그가 자리에서 일어나 앞으로 나가며 양팔을 벌렸다.

그러자 하일이 미소로 손을 내밀었다.

"잘 지냈냐?"

"이럴 땐 악수가 아니라 포옹을 하는 거야, 인마."

하일의 미소가 짙어졌다.

"그럼 그럴까?"

하일도 양팔을 벌리고 폭혈도와 서로 안았다. 폭혈도는 포옹을 풀고는 호탕하게 웃으며 말했다.

"크하하하, 자식, 변했네. 아주 좋게 변했어. 이제야 좀 사람 냄새가 팍팍 나네."

"그런가?"

"그래, 일……."

폭혈도가 일지라고 부르려다 멈칫하자 하일이 말했다.

"하일, 내 새 이름이다."

"오! 이름 좋은데. 하일. 흠흠, 그런데 하일, 내가 여기 있는 건 어떻게 알고?"

하일은 여전히 웃는 얼굴로 낮게 답했다.

"이 환락로는 본 문이 관리하고 있어."

그는 폭혈도의 어깨를 가볍게 툭툭, 치고는 백운회가 있는 탁자로 다가가 허리를 숙였다.

"오랜만에 뵙습니다."

백운회가 고개를 끄덕였다.

"신수가 좋아 보이는군."

"덕분입니다. 문주님께서 지금 모시고 오라고 하셔서 왔습니다."

폭혈도가 하일 옆에 붙어 관태랑과 귀혼창에게 소개를 해주었다. 그리고 그가 하일에게 물었다.

"그런데 너희 문주가 너에게 이런 작은 일을 시키는 거야? 우릴 부르는 거라면 밑의 애들을 시켜도 될 텐데."

하일은 폭혈도의 약간은 걱정스러운 표정을 보며 입술을 잘근잘근 깨물다가 말했다.

"그게…… 네가 왔다고 하니까."

폭혈도가 반색하며 또 양팔을 쫙 벌렸다.

"나 보고 싶었냐?"

"……."

"낄낄낄, 나는 남색 싫다."

폭혈도는 그렇게 말하면서도 옆에서 하일을 덥석 안았
다.

"미친놈."

하일은 미간을 찌푸리며 욕설을 뱉었지만, 굳이 뿌리치
진 않았다. 아니, 그의 얼굴은 밝았다.

백운회가 자리에서 일어나자 관태랑과 귀혼창도 따라
일어났다. 하일이 그제야 폭혈도를 떼어내고는 백운회에
게 말했다.

"저를 따라오시지요. 그리고 미리 말씀드릴 것이 있습
니다."

"……?"

"낭왕이 살아서 돌아왔습니다."

4

백운회의 눈이 빛났다.

"낭왕이 살아서 귀환했다? 그럼 천류영은?"

"선상에서 헤어졌다고 들었습니다. 다만, 그는 무림서

생이 아직 살아 있을 거라고 확신하고 있습니다. 어떤 상황이라도 버티겠다고 약속했다고."

"그런가? 흐음, 그랬으면 좋겠군."

"예. 그리고 무림서생을 납치한 건 십천백지가 맞았습니다."

백운회가 고개를 끄덕이며 발을 내딛는데, 또 한 명이 오층으로 올라왔다.

항주에 있는 마교의 비밀 분타 분타주.

한쪽 눈이 의안이라 개눈깔이라는 별명을 가진 간조한이다. 그가 숨을 몰아쉬며 백운회 앞에 작은 쪽지를 내밀었다.

"받아보십시오. 교주가 보낸 겁니다."

백운회와 일행의 얼굴이 굳었다. 관태랑이 물었다.

"우리가 항주에 있다는 걸 어떻게 알고?"

간조한이 소리 죽여 답했다.

"대륙에 있는 모든 분타에 내려온 겁니다. 대종사를 보게 되면 곧바로 이걸 전해 주라고."

뭔가 중요한 쪽지인 것을 간파한 하일은 일행과 조금 떨어졌다. 폭혈도는 그런 하일을 흘낏 보고는 미간을 찌푸렸다.

"그럼 개눈깔, 네가 우리를 못 본 거로 하면 되잖아."

"예? 그, 그래도 됩니까? 그럼 저는 대종사를 뵙지 못했다고…….”

간조한이 당황하는데 백운회가 쪽지를 받아 쥐었다. 그
러자 폭혈도가 어깨를 으쓱하며 중얼거리듯이 말했다.

“뭐, 읽고 못 본 거로 해도 되겠죠.”

백운회는 쪽지를 펼쳐 읽다가 이내 미간을 찌푸리고는
관태랑에게 쪽지를 건넸다.

관태랑도 내용을 읽고는 눈살을 찌푸렸다.

“곤란하게 됐습니다.”

“하필 이런 때에…….”

백운회는 말꼬리를 흐리며 혀를 차고는 생각하며 걸었
다. 쪽지의 내용은 마교주가 자신과 한 약속을 시행하라
는 주문이었다.

즉, 무상 손거문을 제거하라는 것.

폭혈도가 관태랑으로부터 쪽지를 받아 읽고는 주루에서
나올 때 말했다.

“뭘 그렇게 고민하십니까? 못 본 거로 하면 되잖습니
까?”

그가 귀혼창을 보며 동의를 구하자, 귀혼창도 맞장구를
쳤다.

“폭혈도 조장의 말이 옳습니다. 뇌황, 그 인간이 감히
대종사를 수족처럼 여기고 이딴 짓을. 어련히 대종사께서
알아서 하실 텐데…….”

관태랑이 한숨을 삼키고 귀혼창의 말을 끊었다.

"그게 말처럼 쉬운 게 아니야."

"예? 왜 그렇습니까? 그 인간이 우리 대종사께서 종적을 감추니 불안해서 급하게 이런 지시를 분타에 하달한 것 아닙니까? 하지만 우리는 이 지시를 못 본 것으로 하면 뇌황이 뭘 어떻게 하겠습니까?"

이번엔 폭혈도가 맞장구쳤다.

"그냥 못 본 거로 하자니까요! 그리고 무상은 일만 명이나 되는 부대 안에 있는데, 지금 그놈을 어떻게 노립니까? 상황을 봐가면서 부탁을 해야지. 어이, 개눈깔, 너 확실하게 상달해라. 우리 대종사 항주에는 없다고."

간조한이 고개를 끄덕이는데, 관태랑이 폭혈도의 방갓을 가볍게 탁, 쳤다.

"생각 좀 하자. 이 지시가 항주에만 내려온 게 아니라 대륙 각지의 비밀 분타에 떨어진 거야."

"그런데요?"

"그들 중 어느 누구도 대종사를 보지 못했다 상달되면 어떻게 되겠어?"

"예? 그게 그러니까……."

"지금은 전시야. 연통이 있다면 언제라도 전장에 합류해야 할 대종사가 모든 연락을 끊고 잠적했다는 말밖에 안 되는 거야. 가뜩이나 전투에 참가하지 않아서 본 교 내

소문이 좋지 않은데, 이런 일까지 생기는 건 좋지 않아."

"아! 하지만 마노사와 흑룡가에 말해두지 않았습니까? 천랑대와 흑랑대도 모두 알고요. 항주에 볼일이 있어서……."

관태랑이 혀를 차며 면박을 주었다.

"그러니까 더더욱 교주의 밀첩을 못 받았다는 건 말이 안 되지. 진짜 잠적해 버린 것이 되니까."

"……."

"우리는 어떻게든, 그러니까 무상을 암살하거나, 아니면 천랑대와 흑랑대를 동원해 사육주를 상대하든지 결정해야 돼."

관태랑은 백운회를 향해 말을 이었다.

"으음, 필시 마갈 수석 군사의 책략이 분명합니다. 대종사와 저희가 몰래 움직이니 불안해서 이런 꾀를 낸 거겠지요. 보이지 않는 곳에서 우리가 어떤 행동도 하지 못하게."

백운회가 고개를 끄덕였다.

"마갈, 상대하기 아주 까다로운 자야."

폭혈도는 기가 막힌다는 얼굴로 말했다.

"그럼…… 천 공자 구출을 도우러 대륙을 가로질러 왔는데, 빈손으로 다시 돌아가야 하는 겁니까?"

백운회는 침묵했다. 그리고 관태랑도.

그렇게 그들은 고심에 빠졌다.

＊   ＊   ＊

수란 하오문주는 가벼운 목례로 백운회 일행을 맞았다.

"천마검! 정말 오랜만에 보네요. 항주를 떠난 후 올린 당신의 혁혁한 전공은 정말 감탄스러웠어요. 호호호, 살아 있는 전설을 다시 보니 감개가 무량하네요. 아, 폭혈도 조장님. 반가워요."

하오문의 십팔검객의 수장이자, 천마검을 따라 북방까지 동행한 추혼밀도 포권을 취했다.

백운회는 추혼밀의 포권을 받고는 수란에게 물었다.

"정파 쪽은 아직 안 왔나?"

"약간 시간이 있어요. 기다리며 차나 한잔하시죠. 아니, 술로 준비할까요?"

"술로 하지."

"곧 내올게요."

수란은 문가에 대기하던 시녀에게 지시를 하고는 백운회 일행을 길고 커다란 탁자로 안내했다. 모두가 나란히 착석하자 수란이 물었다.

"인피면구를 안 쓸 생각인가요? 그 방갓 가지고는 정체를 숨기기 어려울 텐데. 인피면구가 뭐하면 가면이라도 빌려 드리죠."

"아니, 됐다."

수란이 눈을 치켜뜨며 약간 놀랐다.

"정말로 괜찮나요? 정파 쪽 참석자 중엔 당신들 정체를 알면 불편해할 사람이 분명 있을 거예요. 검봉이나 풍운은 면식이 있어 상관없겠지만."

"그 외에 누가 참석하지?"

"빙봉과 당문의 독수 어르신, 그리고 야차검 조전후와 서언 주작단주, 팽씨세가의 팽우종. 세 명밖에 안남은 정파의 십대고수, 철혈무성."

"흠……."

"마지막으로 오늘 살아 귀환한 낭왕까지. 정말 상관없나요? 자칫 칼부림이라도 난다면 곤란한데."

귀혼창이 건조하고 푸석푸석한 어조로 불쑥 말했다.

"그럼 그쪽이 다 죽는 거지."

생글거리던 수란의 얼굴이 대번에 굳었다. 그녀 옆에 서 있던 하일도 쓴 미소를 머금었다.

폭혈도가 귀혼창의 등을 손바닥으로 때렸다.

짝!

"귀혼창! 그래도 천 공자의 사람들인데, 그러면 안 되지. 예전 사천에서 그가 우릴 도와줬잖아. 그리고 이곳에서 나 곤욕 치를 때도 도와줬고. 사람이 배려가 없어, 배려가."

귀혼창은 얼굴을 찌푸리며 대꾸했다.

"농입니다, 농담요."

"그래도 그렇지, 예전에 도움 받은 거 갚으려고 온건데 그런 말로 초를 치면……."

폭혈도는 말꼬리를 흐렸다. 생각해 보니 자신들이 구출단에 합류할 수 있을지도 의문이었기에. 무상 손거문을 제거하려면 시간상 이 일에서는 손을 떼야 한다.

대종사가 돌아가는 상황을 일단 들어보자고 해서 오기는 했지만, 상황이 꼬인 것은 사실이었다.

수란이 굳은 표정을 풀고 귀혼창을 향해 말했다.

"농담을 참 살벌하게 하시네요."

"……."

"그렇게 농담을 하시면 이 자리를 주관한 저희들 입장은 어떨지 생각도 안 하시나 봐요."

관태랑이 나섰다. 그가 자리에서 일어나 정중하게 포권을 취했다.

"천랑대주 관태랑입니다. 제가 대신 사과를 드리지요."

"아! 신임 대주! 천마검 못지않은 미남이시라던데, 방갓이 얼굴을 가려 아쉽네요. 호호호, 어쨌든 당신 같은 미남이 사과를 하면 받아야죠."

그녀는 이미 관태랑의 의족을 보고 눈치를 채고 있었

다. 그러나 이제야 아는 척하며 분위기를 풀었다.

관태랑이 말을 이었다.

"그들도 우리가 왔다는 얘기를 듣지 않았습니까?"

"그건 그런데……."

"그럼 뭐가 문제죠?"

수란이 어깨를 으쓱하며 답했다.

"검봉과 빙봉, 그리고 풍운 소협만 알고 있어요."

"음……. 그렇습니까?"

"예. 천마검을 포함해 섬마검 관태랑, 그리고 천랑대네 조장의 얼굴은 워낙 유명하니까 방갓으로 가려도 자칫 눈썰미 좋은 사람이 있으면 곤란해질 수도 있지 않겠어요?"

관태랑이 백운회를 보며 물었다.

"어떻게 합니까?"

"자네 판단대로 해. 따르지."

"그럼 숨기지 않는 게 낫겠습니다."

그러면서 쓰고 있던 방갓마저 벗었다. 수란이 입술을 깨물며 눈살을 찌푸리자 관태랑이 말했다.

"이번 회담의 명목상 주제는 배교에 관한 정보 교환으로 하지요. 배교는 마도와 정사 모두의 공적. 우리가 정체를 숨길 필요는 없습니다."

"……."

"거리낌 없이 서로 당당하게 마주하는 게 좋겠습니다."

"배교라……."

"만약 무림서생을 구하는 일에 우리가 동참한다면, 일정 기간 함께 움직일 수밖에 없습니다. 또한 구출 과정에서 무공을 펼칠 수밖에 없지요. 그런 과정 속에서 뒤늦게 우리의 정체를 알게 되면 문제가 될 수 있습니다."

수란의 눈에 이채가 스쳤다. 그녀는 고개를 끄덕이며 관태랑의 말을 받았다.

"제 생각이 짧았어요. 천랑대주의 말이 일리가 있네요. 시작부터 신뢰를 쌓지 못한다면 나중에 배신감을 느낀 정파인이 이 비밀을 세상에 알릴 수도 있겠네요. 뭐, 참석하는 정파인들 중에서 그럴 사람은 없다고 여겨지지만."

"그건 추정에 불과합니다."

"……."

"참석하는 정파인 중 한 명이라도 우리의 합류에 거리낌을 보이는 자가 있다면 우리는 즉시 이 자리를 뜰 겁니다."

"……."

"괜히 도왔다가 뒤통수 맞을 생각은 없으니까요."

수란은 관태랑을 뚫어지게 보다가 고개를 절레절레 저으며 소리 없이 웃고 말했다.

"왜 천마검이 당신을 그렇게 아끼는지 조금은 알 것 같군요. 뭐, 좋아요. 그렇게 하죠. 그런데 당신들이 천 공자 구출을 돕는 이유를 뭐라 할 건가요?"

그녀는 그 이유를 알고 있었다. 천마검이 부활하면서 다시 그린 큰 그림에 천류영이 꼭 필요하니까.

하지만 그런 속내를 모르는 정파인들에겐 다른 이유가 필요했다. 곧이곧대로 사실을 말한다면 그 파장이 엄청날 테니까.

관태랑이 답했다.

"십천백지."

"예?"

"그들은 오백 년 전, 본 교의 천마 조사님을 어렵게 한 원수들이오."

"뜬금없이 왜 옛날 얘기는……"

수란이 황당한 표정을 지으며 말꼬리를 흐렸다. 백운회나 폭혈도, 귀혼창도 의아한 얼굴로 관태랑을 보았다.

관태랑이 말했다.

"하오문주께서도 알겠지만, 천마검 대종사는 천마 조사님의 제자라 할 수 있소."

"아, 알아요. 천마동에서 살아 나왔으니까. 그래서 천마신교의 교주나 장로들도 천마검은 함부로 하지 못하는 것으로 알고 있어요."

"대종사께서는 천마동에서 사부님이신 천마 조사님의

유언장을 발견했소."

"……?"

"십천백지를 만나게 되면 모두 죽이라고. 그런데 우린 빙봉과 배교에 관해 논의하러 왔다가 십천백지가 있는 곳을 알게 된 거요. 그러니 대종사께서 어찌 사부님의 유지를 받들지 않을 수 있겠습니까?"

수란의 눈이 휘둥그레졌다.

"저, 정말인가요?"

백운회가 주먹으로 입을 가리고 낮게 헛기침을 했다. 정작 자신은 생전 처음 듣는 얘기다.

관태랑이 태연하게 반문했다.

"거짓인들 누가 알겠습니까? 천마동에서 유일하게 살아서 나오신 천마검 대종사께서 그렇다는데."

수란은 자신도 모르게 '아!' 하는 탄성을 뱉다가 실소를 흘렸다.

"그, 그러네요. 무림인이라면 사문의 규율과 사부의 유지에 관한 건 절대적이죠. 특히 천마검처럼 마협이라는 칭송을 받는 분이라면 말이죠. 호호호, 정파인들이 완전히 믿지는 않더라도 설득은 충분히 되겠어요."

"명심할 것은 이겁니다. 우리는 천 공자를 구하러 가는 게 아닙니다. 천마 조사님의 유지를 제자인 우리 대종사께서 받들어, 원수인 십천백지를 박살내러 가는 거라는 점."

수란이 고개를 절레절레 흔들며 답했다.

"당연하죠."

그녀의 말이 끝나기 무섭게 술과 안주들이 들어왔다. 그리고 정파인들이 당도했다는 전갈을 받은 수란이 밖으로 나갔다.

그러자 백운회와 폭혈도, 그리고 귀혼창이 동시에 관태랑을 보았다.

백운회는 피식 웃었고, 폭혈도는 박장대소를 했다. 그리고 귀혼창은 소리 죽여 큭큭거렸다.

백운회가 물었다.

"그렇게 허무맹랑한 생각은 대체 언제 한 거지?"

"주루에서 나와 이곳까지 오면서 생각을 정리했습니다."

폭혈도가 엄지를 추켜올렸다.

"역시 우리 대주님이요. 크하하하!"

관태랑은 백운회의 잔에 술을 채우고 이어서 자신의 잔에도 술을 따르며 담담하게 말했다.

"간조한에게 방금 제가 한 말을 적어서 연통을 넣게 하면 될 겁니다. 어차피 싸워야 할 적인 십천백지의 천존입니다. 그 소굴을 알아내 기습하러 가는 것이고, 그것이 천마 조사님의 유지라면 교주와 마갈 군사도 트집을 잡지 못할 테니까요. 물론 그 일을 처리한 후, 곧바로 무상 제거 작업에 착수하겠다는 말까지 덧붙이면 어떤 딴죽도 걸지 못할 겁니다."

백운회는 술잔을 들어 마시고는 미소를 머금었다.

"묘책이야. 술맛이 좋군."

폭혈도도 술을 들이켜며 맞장구쳤다.

"무엇보다 뇌황과 마갈이 시키는 대로 하지 않고 우리 뜻대로 일정을 잡는다는 것이 마음에 듭니다."

그들이 한참 웃으며 담소를 나누는데 수란이 들어왔다. 그녀는 백운회와 관태랑을 향해 말했다.

"방금 천랑대주가 한 말을 지금 이곳에 온 정파인들에게 했고, 모두 당신들과 이번 작전에 한해서 함께하기로 동의했습니다. 작전명은, 원수지간이라도 공동의 목적을 위해서는 함께한다는 오월동주(吳越同舟)."

백운회가 일어나며 대꾸했다.

"그럼 시작합시다. 들어오게 하시오."

독고설을 필두로 독수 당철현, 빙봉 모용린, 철혈무성, 낭왕 방야철, 하월 팽우종 등이 줄줄이 들어왔다.

서로를 견제하듯 그들은 맞은편 자리에 앉았다.

정파인들 중 몇몇이 상당히 긴장한 표정을 지었는데, 그들 중 조전후는 연신 침을 꼴깍 삼켰다. 과거 청성산에서 잊을 수 없는 만남을 가졌던 빙봉과 팽우종, 또 최근에 산동 단씨가에서 만난 철혈무성도 백운회에게서 눈을 떼지 못했다.

그렇게 정파인 대부분이 백운회를 노려보듯 살폈다.

그러나 백운회는 담담한 표정으로 독고설을 향해 고개를 숙였고, 그 모습에 정파인들이 다소 경계의 빛을 거뒀다. 독고설도 정중하게 답례하고는 입을 열었다.

"하오문주님께 들었습니다. 천마 조사의 유지를 받드신다고요."

독고설은 알고 있다, 그것은 핑계라는 걸.

그래서 더 고마웠다.

천류영을 돕기 위해 광활한 대륙을 가로질러 온 이 사람이.

한때 마교라면 치를 떨던 시절이 있었다.

그러나 지금의 그녀에게 흑도니 백도니 하는 건 아무 의미가 없었다. 그 사람을 구하는 데 도움을 준다면.

백운회가 하얀 미소로 답했다.

"배교에 관한 정보를 교환하러 왔다가 십천백지의 소굴을……."

독고설이 말을 끊었다.

"하오문주께 얘기 들었습니다. 말을 끊어서 죄송하지만, 빨리 진행하면 안 될까요?"

모두가 독고설의 얼굴에 어린 초조한 표정을 보았다.

백운회는 고개를 끄덕이며 답했다.

"그럽시다."

그러고 나서 그는 풍운과 낭왕을 보았다.

전에 봤을 때에 비해 눈빛과 기도가 천양지차로 달라져 있었다.

수란이 긴 탁자 앞에 서서 입을 열었다.

"이번 조사는 처음엔 매우 막막하고 어려웠습니다. 당시 군선 한 척이 사고 근방 항구에서 예정에 없던 훈련을 나간 것을 확인했지만, 며칠 뒤 정규 훈련을 나갔다가 원인 불명의 사고로 전복됐습니다. 증인이 될 수도 있는 이들이 모두 사라진 거죠. 어쨌든 저희들은 그들의 가족과 지인들을 수소문하며 추적하는 과정에서 황궁의 비밀 조직인 동창과 마주치게 되었습니다. 동창의 제독은 우리에게 많은 정보를 주었고, 그로 인해 생각보다 빠르게 소기의 목적을 달성했습니다."

모용린은 천마검을 뚫어지게 보고 있다가 수란을 향해 물었다.

"그럼 동창도 이번 작전에 참가하는 건가요?"

수란은 고개를 저었다.

"아뇨, 그들은 이번 일과 관련해 내부 감찰에 들어갔습니다. 그런데…… 음, 깊게 들어가면 한없이 길어지니 간단히 말하죠. 천하상회도 관련이 있을 것이라 추정하고 있습니다. 그렇게 감시하고 조사할 대상이 워낙 많다보니 손이 모자라는 상황이에요."

"……."

"그래서 일단 무림 일은 무림에 맡긴다고 했습니다."

모용린이 기가 막힌다는 표정을 지었다.

"이번 일이 어떻게 무림 일로만 국한된다고 볼 수 있는 거죠? 그들은 천 공자가 타고 있는 군선을 포격했고……."

수란이 손을 들어 모용린의 말을 끊었다.

"그 얘기는 저에게 해봐야 소용없습니다. 다만, 동창의 제독은 저에게 이렇게 얘기했습니다. 만약 우리가 해결하지 못하면, 내부 감찰을 끝낸 뒤 자신들이 나서겠다고. 내부에 어떤 밀정이 숨어 있는지도 모르는데 섣불리 나서면 오히려 천 공자를 납치한 자들이 더 깊숙이 숨을 수도 있다고 했습니다."

"……."

"그러면서 여러분이 이 일을 해결하고, 천 공자를 구해내길 진심으로 바란다고 얘기했습니다."

낭왕이 손을 들었다. 수란이 그를 보며 물었다.

"방 대협, 하고 싶은 질문이라도 있나요? 가능하면 얘기를 다 듣고……."

"과정은 나중에 알려주든지 서찰에 적어주든지 하면 고

맙겠소."

"⋯⋯."

"천 공자를 납치한 그 자식은 지금 어디에 있소?"

수란이 뒤돌아 대륙의 지도가 걸려 있는 벽으로 걸어갔다. 그리고 검지로 대륙 남부의 한쪽을 찍었다.

"십만대산."

좌중 일부가 자신도 모르게 신음을 흘렸다.

넓다. 넓어도 너무 넓다. 저곳을 다 뒤지려면 몇 년도 모자라다.

수란의 눈이 매섭게 빛났다.

"여기서부터는 본 문이 독자적으로 조사했습니다. 뺄 수 있는 인원을 총동원하고 아는 인맥까지 죄다 끌어들여서."

"⋯⋯."

"십만대산 주변 마을에서 주기적으로 대량의 음식과 차, 술, 약, 그리고 병장기 등을 주문하는 곳이 있었습니다."

그녀가 손가락으로 두 곳을 찍었다.

"이 두 곳 중 한 곳에 분명히 천 공자와 그들이 있습니다."

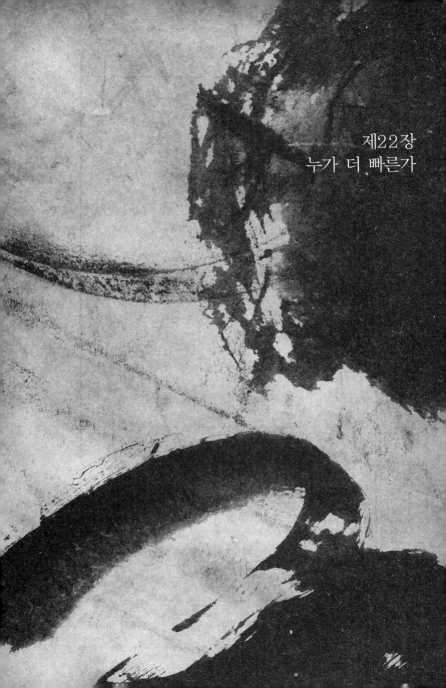

제22장
누가 더 빠른가

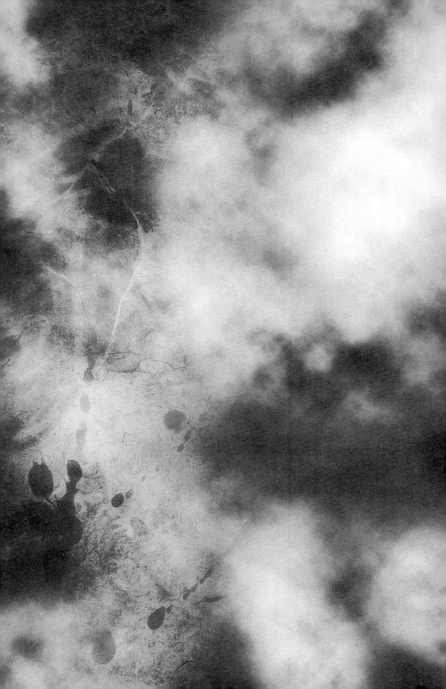

1

독고설이 자리에서 벌떡 일어나서 지도 앞으로 다가갔
다.

십만 개의 봉우리가 있다는 십만대산이다. 이 거대한
산맥을 축소해 놓은 작은 지도로는 정확한 위치를 아는
것이 불가능했다.

수란이 고개를 주억거리면서 십만대산의 동북쪽에 위치
한 어느 곳을 손가락으로 찍었다.

"전상(田床)이라는, 일천여 호(戶)가 사는 곳이에요.
이곳의 전상 주루를 찾아서 루주에게 이걸 건네요. 그럼
루주가 길잡이를 붙여줄 거예요."

독고설은 수란이 건네주는 옥패를 받았다.

"고마워요, 정말. 이 은혜 절대 잊지 않을게요."

수란은 고개를 저으며 손을 들어 독고설의 뺨을 한차례 쓸었다.

"그 사람 살려서 오면 돼. 그거면 돼. 그럼 내가 알아서 그 사람한테 이자까지 톡톡히 받아낼 거라고."

그러더니 품에서 작은 동경과 분통을 하나씩 꺼내며 말을 이었다.

"그 사람 만나기 전에 분칠 좀 해. 이렇게 야윈 얼굴로 만나면, 그 사람 억장이 무너질 거야."

"저는 이런 거 필요……."

독고설이 받지 않으려는 것을 수란이 억지로 쥐어 주었다.

"물론 너는 꾸미지 않아도 아름다워. 하지만 지금도 이리 수척한데 거기까지 강행군을 해야 되잖아. 그리고 험한 산속도 가야 하고. 가져가. 그리고 억지로라도 많이 먹고."

"……."

"그 사람, 그동안 많이 고생했을 거야. 그런데 너까지 상한 얼굴 보이는 거 나쁜 짓이야. 예쁘게 하고 가서 밝게 웃어줘. 네가 그러면 그 사람 아팠던 거 대부분 까맣게 잊어버릴 거라고."

"홋."

독고설이 어이없어 웃다가 입술을 꾹 깨물며 다부진 표정으로 돌아섰다. 그녀는 좌중을 보며 말했다.

"각자 돌아가서 준비하고, 네 시진 후 출발하기로 하죠."

그녀의 마음은 당장 움직이고 싶었다. 그러나 이곳에 있는 사람들만 움직이는 것이 아니다.

무림맹의 주작단과 백호단, 그리고 독고세가의 검풍대 등 총 이백여 명이 함께한다. 강행군을 시작하기에 앞서서 마지막 아침 식사라도 편하게 먹게 해줄 필요가 있었다.

그때, 문이 열리더니 추혼밀이 들어와 수란에게 말했다.

"잠시 나와보셔야 할 것 같습니다."

수란이 나가자 관태랑이 모용린에게 말을 건넸다.

"얘기를 들으셨겠지만, 당신과 나는 배교를 추적하고 있소. 그래서 논의를 좀 하고 싶은데."

모용린이 고개를 끄덕이며 말을 받았다.

"빙봉이라고 부르세요. 당신은…… 섬마검, 아니면 천랑대주님이라고 부르면 되나요?"

"편한 대로 부르시오."

"서로 검토해야 할 자료가 많을 테니, 시간이 좀 걸리겠군요. 천랑대주께서는 이곳에 남으시는 거죠?"

"그렇소."

"그럼 저와 일정을 잡아보죠. 우리 분타에 오는 건 아무래도 어려울 테니, 이곳에서 보기로 하죠. 음, 앞으로 사흘 정도는 제가 일정이 빡빡해서 그다음 날부터 했으면 좋겠는데."

"좋습니다. 그럼 네 시진 후 여기 계신 분들을 배웅할 때, 서로 가지고 있는 자료를 교환하는 건 어떻습니까? 그걸 사흘간 살펴보고 함께 대화를 나누는 것이 좋을 것 같군요."

"음, 그러면 저는 천랑대주께서 주신 자료를 검토할 시간이 없습니다만."

"그렇군요. 그럼 첫 번째 회의는 닷새 뒤로 잡죠."

"좋아요."

둘은 두런두런 대화를 나눴고, 나머지 사람들을 멀뚱멀뚱 바라만 보았다.

아무리 오월동주인 처지라지만, 평생 적으로 인식하고 살던 사이다. 당연히 말을 꺼내기 어색한 상황인 것이다.

그러다가 철혈무성이 쓴웃음을 깨물고 입을 열었다.

"천마검, 그동안 잘 지냈나?"

백운회는 철혈무성을 보며 고개를 끄덕였다. 딱히 대꾸가 없자 철혈무성이 말을 이었다.

"당시 무림맹주였던 검황의 본가를 치고 나서 무림맹 총타를 바로 노릴 줄이야. 상상도 못했네."

백운회가 피식 웃고 대꾸했다.

"정파가 연전연패하는 이유 중 하나요."

"……?"

"본 교나 사파는 담대한데, 당신들은 설마하며 안주하는 태도."

"……."

"내가 알기로는 천류영과 빙봉이 내가 총타를 노릴 가능성에 대해 언급했다고 나중에 들었소. 그런데도 당신들은 설마하며 코웃음 치고 넘겼지. 안주하는 순간 나태해지고, 도태가 시작된다는 것은……."

백운회는 말을 끊고 이맛살을 잔뜩 찌푸렸다. 그러고는 자신을 사납게 쏘아보는 풍운을 향해 말했다.

"할 말이 있나?"

풍운이 손을 말았다 펴기를 반복하다가 고개를 끄덕였다.

"또 한 번 붙고 싶은데…… 역시 지금은 안 되겠죠?"

"이번엔 다를 것 같나?"

풍운이 고개를 빠르게 끄덕였다. 그러자 백운회도 동의한다는 낯빛으로 말했다.

"그래…… 그런 것 같군."

풍운이 의자에서 슬며시 엉덩이를 떼면서 말했다.

"그럼 간단한 비무라도……."

"하지만 두 번째는 둘 중 하나는 죽어야 할 거야."

풍운의 엉덩이가 다시 의자에 붙었다. 그는 한숨을 쉬며 말했다.

"그래도 해보고 싶긴 한데, 지금은 천류영 형님 구출이 먼저죠."

"그래. 정 손이 근질근질하면 저기 눈을 감고 있는 낭왕에게 부탁해 봐."

그 말에 방야철이 눈을 떴다. 그는 백운회를 지그시 바라보다가 다시 눈을 감았다.

그런 방야철을 바라보는 백운회 일행의 눈에 이채가 스쳤다.

저런 안광.

전장에서 오래 살아온 그들에게 상당히 익숙한 눈빛이었다.

폭혈도가 입맛을 다시며 살짝 진저리를 쳤다.

"원, 낭왕한테는 장난으로라도 비무하자는 말을 못하겠군."

풍운이 고개를 끄덕이며 낭왕을 보았다. 그도 낭왕의 기도가 예전과 완전히 달라졌음을 느끼고 있었다. 그래서 호기심이 들었지만 참는 중이었다.

무인도에 갇혀 있다가 간신히 빠져나온 사람이다. 몸을 추스르기도 전에 비무를 해보자고 하는 건 아무리 생각해도 아니었다. 더군다나 천류영을 지키지 못한 자책감에 시달리고 있는 사람인데.

하지만 풍운은 그것 말고도 꺼려지는 느낌을 줄곧 받았다. 말도 함부로 붙이기 힘들 정도였다.

백운회가 말했다.

"그는…… 죽을 작정이야."

그의 말에 정파인들이 눈을 화등잔만 하게 떴다. 그렇게 아연해하는데, 때마침 수란이 안으로 들어왔다.

그녀는 탁자 앞으로 다가와서 한 손은 허리에, 다른 한 손은 이마를 짚었다. 뭔가 상당히 곤혹스러운 일이 벌어졌음을 모두가 직감적으로 깨달았다.

모용린이 물었다.

"무슨 일이죠?"

"사육주가 점령하고 있던 무림맹 총타에서 나왔어요."

"예상보다 빨리 나왔군요. 당분간 정파의 심장을 점령한 기쁨을 만끽할 줄 알았는데."

"무상 손거문의 이번 목표는…… 바로 이곳, 항주예요. 무림맹 절강 분타."

"……!"

침묵이 흘렀다.

아니, 완전한 침묵이 아니다.

곳곳에서 신음 같은 탄식이 낮게 흘렀다.

특히 정파인들의 탄식이 많았다.

사실 그럴 수도 있다고 이미 생각하고 있었다. 마교와 사파의 다음 목표는 패한 정파인들이 다시 뭉친 곳과 사천성, 그리고 이곳 절강성이니까.

그 셋 중의 둘은 필연적으로 공격 대상이 될 수밖에 없었다. 그럼에도 이곳의 정파인들은 자신들이 마지막 목표가 될 거라고 예상하고 있었다.

중원에서 사천성으로 가는 길이 가장 험하기 때문에, 그곳이 가장 나중의 목표가 될 확률이 높음에도 불구하고.

왜냐하면 천류영이 예전 사오주와 협정을 맺었기 때문이다.

정파와 싸우게 되더라도 절강성은 가장 마지막이 될 것이라고.

조전후가 이를 갈며 자리에서 벌떡 일어났다.

"이 자식들, 천 공자와의 협정은!"

관태랑이 미간을 좁히며 재우쳐 물었다.

"무슨 협정 말입니까?"

조전후가 멈칫하다가 숨겨도 의미 없다는 생각에 입을 열었다.

"정파와 사오주 간에 전쟁이 벌어져도 절강성은 가장

나중까지 건드리지 않기로 했소. 우리 역시 마찬가지로……."

관태랑이 실소로 대꾸했다.

"협정을 맺은 당사자가 죽었으니 협정도 무효라고 판단한 거군요."

"젠장, 천 공자가 살아 있다고 알려주면 계획을 바꿀까?"

조전후가 주변 이들을 보며 물었다. 모용린이 고개를 저으며 답했다.

"그럼 천 공자가 진짜 위험해져요. 십천백지가 그를 납치했다는 소문이 돌면…… 그들은 그것을 숨기기 위해 정말 천 공자를 죽일 수 있어요."

정파인들의 고민이 점점 심각해졌다.

지금 천하에 위명을 떨치고 있는 무상 손거문이 일만 대군을 이끌고 이곳으로 오고 있는 것이다.

압도적 인원 차이가 나는 이런 불리한 상황에서 분타의 최정예 이백여 명을 빼는 건, 한마디로 전투에서 패배하겠다는 선언과 진배없었다.

모용린이 양손으로 자신의 얼굴을 감싸며 괴로워했다.

"최악을 준비해야 했는데…… 나는 막연히 최선의 상황을 기대하고 있었어."

그런 모용린을 정파인들은 안타까운 눈빛으로 보았다.

모용린이 왜 그랬는지 누구보다 잘 아니까.

천류영을 살리기 위해서.

정파인들은 아무도 입을 열지 못했다.

그야말로 진퇴양난이었다.

십만대산에 있는 적의 규모가 어느 정도인지는 아직 모른다. 최소한 한 명의 천존과 열 명의 십지라고 해도 무시할 수 없는 전력이다. 그들은 강하니까.

특히 예전에 독고설과 풍운이 자객들에게 들은 것과 낭왕의 얘기를 종합해 보면, 지금껏 세상에 나온 십천백지와는 격이 다르다는 걸 쉽게 예상할 수 있었다.

그렇기에 지금 빼내는 이백여 명도 최대로 줄여서 정예로 꾸린 것이다.

여기서 더 줄인다면 기껏 천류영을 구하러 갔다가 몰살당할 수도 있었다. 천류영은 구하지도 못한 채.

조전후가 눈치를 살피며 낮게 말했다.

"지금 인원의 반이라도……."

하지만 끝내 말을 잇지 못했다. 어설프게 나누면 양쪽 다 실패할 공산이 컸다.

풍운, 낭왕, 독수.

이 세 고수도 함부로 입을 열지 못했다.

자신들의 욕심 혹은 자만으로 어느 한쪽에 돌이킬 수 없는 피해가 발생할 수 있음을 알기에.

순간, 모용린이 고개를 들었다.

그녀는 천마검과 섬마검을 흘낏 보고는 이내 고개를 흔들었다. 그러자 관태랑이 고개를 주억거리며 입을 열었다.

"빙봉, 당신의 생각이 맞소."

모용린은 고개를 숙인 채 침묵했다. 그러자 관태랑이 백운회를 향해 말했다.

"구출대에서 한 명만 빠지면 됩니다."

백운회는 눈을 감으며 팔짱을 낀 채 답하지 않았다. 그러자 관태랑이 말했다.

"무상 손거문을 상대할 사람. 대종사, 저와 함께 남으시죠."

백운회는 쉬이 입을 열지 않았다. 아니, 못했다.

왜냐하면 그의 속내는 천류영을 구하러 가고 싶기 때문이었다. 그래서 이 거대한 대륙을 가로질러 온 것이 아닌가! 또한 폭혈도와 귀혼창, 둘만 보내는 것도 마음에 들지 않았다.

불길했다.

의제처럼 생각하던 천류영도 잃고, 소중한 수하들도 잃을 것 같았다.

관태랑이 다시 말했다.

"그 방법이 최선입니다."

맞다.

관태랑의 말마따나 그것이 최선이다.

또한 자신은 어차피 무상을 제거해야 하니까.

천랑대나 흑랑대의 희생 없이 정파인들을 이용해 싸우는 것이다.

이건 수지맞는 일이었다. 자식처럼 아끼는 수하를 잃지 않고 뇌황과의 약속을 지킬 수 있었다.

그런데…… 머리로는 이해가 되는데, 가슴이 안 움직였다.

독고설이 그를 불렀다.

"천마검님."

백운회는 감았던 눈을 뜨고 그녀를 보았다.

독고설이 허리를 깊게 숙이며 읍했다.

"도와주세요."

"……."

"저희가 마음 편하게 떠날 수 있게 도와주세요. 그분이 일군 이 땅을 지킬 수 있게 힘을 보태주세요."

"……."

"무상만 상대해 주시면 됩니다. 더 이상은 바라지도 않아요. 그래서도 안 되는 것 알고요. 천마검께서 그렇게만 해주시면 우리가 십천백지를 제거하고 천 공자도 어떻게든 구해낼 테니까…… 부디 도와주세요."

백운회는 장탄식을 하고는 피식 웃었다.

"어쩔 수 없는 건가?"

그가 어렵게 고개를 끄덕였다.

그렇게 모두가 지금의 선택이 현 상황에서 취할 수 있는 최선이라고 믿었다.

*　　　　*　　　　*

"읍참마속?"

일존은 취존의 말을 따라 하며 눈가를 파르르 떨었다.

둘은 무려 삼 장 길이의 탁자 양 끝에 앉아 있었다.

둘은 항상 그 거리 이내로 상대의 접근을 허용하지 않았다.

동료.

그러나 둘은 서로를 불신했다.

취존은 앞에 놓인 음식을 먹으며 말했다.

"마음에 들지 않소?"

"하하하, 그러니까 우리의 동료인 사존과 오존을 우리 손으로 죽이자?"

목소리에서 뼈를 얼릴 듯한 차가움이 느껴졌다.

취존은 젓가락을 소리 나게 탁! 내려놓고는 일존을 직시했다.

"마음에 쏙 드는 방법이 아니라는 건 아오. 하지만 애초에 사존과 오존이 십천백지의 이름을 더럽혔소."

"그렇지."

일존이 선선이 고개를 끄덕였다. 취존은 탁자 위에 놓인 호리병을 들어 술을 한 모금 마시고는 한차례 트림을 했다.

"꺼억, 올 때마다 느끼는 거지만, 여기 음식은 맛이 별로야."

취존의 푸념에 일존이 피식 실소했다.

음식 맛이 마음에 들지 않는 것이 아니라 내가 싫은 거겠지.

취존은 투덜거리면서도 다시 젓가락을 잡아 음식을 집으며 말했다.

"그럼 당신이 대안을 내놓아보시오."

일존은 어깨를 으쓱거리며 웃었다.

"하하하, 내가 대안을 내놓으라고? 내가 왜?"

"그럼 어떻게 하자는……."

일존이 웃음을 멈추고 정색한 표정으로 말을 끊었다.

"지금 자네가 최선책을 내놨잖나."

"응?"

"읍참마속이라……. 좋아, 아주 좋다고. 기가 막힐 정도야."

취존은 피식 웃고 다시 술병을 잡았다.

"마음에 든다니 다행이오. 참, 천하상회는 가봤소?"

"뭐, 별일 없던데?"

"그렇소? 흐음, 어쨌든 당분간은 그쪽도 예의주시할 필요가 있을 거라고 생각하오."

"그러지. 자네 의견대로 장사치는 이익을 좇는 법이니까."

탁.

취존은 다시 젓가락을 세게 내려놓으며 혀를 찼다.

"참고 먹으려 했는데 안 되겠군. 그렇게 숙수를 바꾸라고 했는데…….

"이봐, 취존. 내가 내 주방장을 자네 입맛에 맞춰 바꿔야 하나?"

"쯧쯧, 관둡시다. 매번 만날 때마다 똑같은 얘기 이젠 질리니까."

취존은 자리에서 일어났다. 그러자 일존이 그를 불러 세웠다.

"잠깐만."

"……?"

"자네가 내놓은 읍참마속이란 책략은 정말 묘책이야."

"하고 싶은 말이 뭐요?"

"그런데 문제는…… 내가 직접 마속의 목을 베는 건 싫거든."

취존의 이맛살이 일그러졌다. 일존이 말을 이었다.

"좋은 책략을 궁리해 냈으니, 자네가 마무리까지 깔끔하게 하는 게 어떤가?"

"훗, 자기 손에는 피를 묻히기 싫다?"

"그 피가 동료의 피잖나."

"언제부터 나나 당신이 그들을 진정한 동료라 생각했다고. 애초에 교류조차 거의 하지 않았잖아."

교류?

격이 처지는 그놈들과 왜 교류를 하겠는가.

죽이자니 쓸모가 많고, 교류를 하자니 떨거지 같은 것들이 지가 최고인 줄 알고 거들먹거리는 모습이 보기 싫었다.

"어쨌든 자네가 직접 칼을 쓴다면 찬성하겠어. 하지만 나보고 하라면 반대야."

둘의 시선이 허공에서 부딪쳤다. 취존은 일존에게서 시선을 떼지 않은 채 술을 마시고는 웃었다.

"후후후, 좋아, 내가 하지."

상관없다. 아니, 사실은 바라는 바였다.

정파인들은 읍참마속을 단행하는 자신을 일존보다 더 따르고 존경하게 될 테니까.

취존은 싱글거리며 물었다.

"그럼 오후에 함께 출발하는 건가? 정파의 구원자로 등장하기 위해서."

일존은 고개를 끄덕이다가 깜빡했다는 듯이 손으로 허벅지를 쳤다.

"이런! 미안하지만, 자네가 먼저 출발해야겠네."

"……?"

"점찍은 계집이 있는데……."

"그 나이를 먹고도 질리지도 않는가 보오."

"하하하, 원래 나이를 먹으면 먹을수록 더 그런 거지. 자네도 나중에 내 나이가 되어보면 알게 될 거야."

"흥! 그런다고 청춘이 돌아오는 건 아니오."

취존이 얼굴을 찌푸리며 뒤돌아섰다. 일존은 그런 취존의 등을 보며 눈을 빛냈다.

등을 보였지만 한 치의 허점도 드러내지 않았다.

자신을 믿지 않는 거다.

하긴, 그건 자신도 마찬가지이지만.

취존이 나가고 한참 후.

일존은 별관에 대기하고 있던 흑야주를 불렀다.

흑야주는 긴장한 표정으로 일존 앞에 섰다.

"일존, 취존이 곧 출발할 것이니, 채비를 하라고 했습니다."

"잠깐이면 돼."

"하문하실 것이라도?"

"읍참마속."

"……."

"취존의 생각이 맞나?"

흑야주는 입술을 깨물었다.

알고 묻는 걸까, 아니면 모르고 묻는 걸까?

만약 알고 묻는데 거짓을 고한다면 죽게 된다.

"그것이……."

흑야주가 말꼬리를 흐리자 일존이 차갑게 말했다.

"취존이 무림서생을 잡은 것이냐?"

흑야주의 고개 숙인 눈동자가 거칠게 흔들렸다.

알고 있는 것이다. 아니, 그저 짐작이더라도 이렇게 물으면 사실을 말할 수밖에 없다. 나중에 무림서생의 존재가 드러나면 자신의 목숨은 끝장이니까.

"그렇습니다."

"흐음, 그렇군. 사실 그 사건이 찜찜했어. 해적이라니."

"……."

"좋아. 자네는 지금 내가 질문한 것을 잊으면 된다."

그렇게 해주면 감사할 따름이다.

"알겠습니다."

"그럼 가보게."

흑야주는 그야말로 쏜살같이 사라졌다.

그런 후, 홀로 남은 일존은 턱을 괴고 한참 생각하다가 피식 웃고는 일어났다.

"취존에게 두뇌가 붙는다라……. 책사는 신경 쓰인단 말이지. 그것도 무림서생 같은 진짜 책사라……. 흐음, 거슬리는 건 결국 문제를 일으키지. 그렇다면 미리 제거하는 것이 현명한 법."

말이 끝나기 무섭게 내실에서 그가 사라졌다. 아주 오랜만에 단 한 사람을 죽이기 위해 몸소 움직인 것이다.

2

취존은 밤낮을 가리지 않고 달렸다. 천마신교가 정파의 패잔병들을 쓸어버리기 전에 구원자로 등장하려면 서두를 필요가 있었기 때문이다.

그러던 취존이 사흘 만에 멈춰 섰다.

뜨겁던 태양이 서녘 하늘로 뉘엿뉘엿 기울어가는, 늦은 오후의 한가한 들판.

그는 뒷짐을 진 채 한참을 가만히 서 있다가 이맛살을 찌푸렸다. 그러고는 허리춤에 차고 있던 호리병 중 하나를 빼내서는 술을 벌컥벌컥 마시더니 혀를 찼다.

뭔가 아주 마음에 들지 않는다는 표정.

그는 그렇게 반 시진을 서서 술을 마셔 댔다.

잠시 후, 취존의 뒤쪽 들판으로 일백여 사람들이 나타
났다.

그들의 정체는 흑야와 십천백지의 이천에 소속되어 있
는 십지.

바쁘게 따라오느라 얼굴이 시뻘겋게 변한 그들은 호흡
을 고르며 취존 주변에 다가섰다.

취존은 그들을 흘낏 보고는 한마디 했다.

"네 시진 동안 쉰다."

그의 말에 흑야 소속의 흑의인들이 반색했다. 조금만
더 무리하면 나가떨어지기 직전이었던 것이다. 반면, 십
지들은 표정 없는 얼굴로 숨을 고르며 서 있을 뿐이었다.

취존은 흑야주를 불렀다.

"이봐, 일존에 대해 묻고 싶은 것이 있다."

흑야주의 얼굴에 긴장이 스쳤다. 그는 정중하게 입을
열었다.

"하문하십시오."

"일존이 유독 여색을 밝히긴 하지만, 이번 일은 보통
때와는 차원이 다르단 말이지."

"……."

"혹시 그 노괴가 자네에게…… 무림서생에 대해 물었
나?"

흑야주의 눈동자가 흔들렸다. 그는 침을 삼키고 대답

했다.

"예."

"역시 그렇군."

취존은 굳은 표정으로 고개를 끄덕이다가 물었다.

"그 노괴가 십만대산으로 갔나?"

흑야주는 고개를 저으며 대답했다.

"그것까지는 모르겠습니다."

취존의 굳은 얼굴이 더 굳어졌다. 그는 말없이 술을 마시다가 자신이 달려온 남쪽 방향을 뚫어지게 보았다.

사흘간 달려왔다.

만약 일존이 자신이 떠난 후 바로 움직였다면?

그렇다면 지금 돌아가 봐야 소용없는 일이다.

그는 연방 혀를 차다가 피식 웃고는 혼잣말을 중얼거렸다.

"후회해 봐야 어쩔 수 없겠지."

무림서생 천류영.

가지고 싶지만, 굴복하지 않는 녀석.

그렇다고 죽여 버리자니 아깝기도 아까울뿐더러 왠지 자신이 녀석과의 싸움에서 패배하는 것 같은 생각이 들게 하는 놈이었다.

그런데 일존이 놈을 죽인다면?

취존은 시원섭섭하다는 감정이 이런 거구나 싶었다.

애초에 놈의 의지를 꺾는 것이 불가능하다면 일존의 손에 죽게 놔둔다. 대신 일존에게 그만한 대가를 받아내면 된다. 물론 그 대가는 무림서생의 목숨만 한 가치가 있어야 할 터.

뭐가 좋을까?

취존의 눈에 기광이 일렁였다.

그는 황궁의 동창과 무림의 일부 세력이 자신이 벌인 일을 조사하고 있다는 걸 알고 있었다. 무림인들이야 상관없지만, 아무래도 동창 쪽은 건드리기 어렵다. 자신이 패왕의 별로 등극해 어느 누구도 감히 손대지 못할 위치가 되기까지는.

그들의 조사를 어떻게 방해할까 고민하고 있었는데, 불현듯 묘책이 떠올랐다.

'정파의 동료인 무림서생을 납치하고 죽인 자를 일존으로 몰면 재미있겠군. 후후후.'

그의 입가에 진득한 미소가 스쳤다.

＊　　　　＊　　　　＊

그 무렵, 독고설 일행은 십만대산의 깊은 산속을 이동하고 있었다.

"일각 동안 휴식!"

선두에서 움직이던 하오문 분타의 길잡이가 산 중턱에 자리한 나무에 기대앉으며 외쳤다.

독고설은 그 길잡이 앞에 서서 이마의 땀을 훔치며 물었다.

"얼마나 더 가면 될까요?"

그녀의 질문에 길잡이 청년은 자신도 모르게 쓴웃음을 깨물었다. 방금 그녀가 한 질문을 대체 하루에 몇 번이나 듣는 걸까?

하지만 질문을 던질 때마다 독고설의 얼굴에 어리는 초조함을 보면 짜증을 낼 수도 없었다. 무엇보다 세상의 어느 사내가 이렇게 아름다운 여인에게 짜증을 낼 수 있겠는가.

길잡이 청년은 이렇게 대단한 미녀의 사랑을 받고 있는 천류영이 부럽다는 생각을 하며 대답했다.

"내일 오전엔 유풍곡에 당도할 겁니다."

유풍곡(流風谷).

십천백지의 근거지로 예상되는 두 곳 중 한 곳이다.

독고설은 이미 여러 번 들은 답변임에도 불구하고 진지하게 고개를 끄덕이다가 뒤돌아섰다.

이백여 명이 각자의 봇짐에서 먹을 것을 꺼내고 있었다.

식사 시간도 아까워 이렇게 잠깐의 휴식 시간에 육포와

건량으로 끼니를 해결하면서 이동한 강행군이었다. 하지만 어느 누구도 불평하지 않았다.

불평은커녕 간절한 마음으로 기원하고 있었다.

자신들의 이 수고가 부디 헛되지 않기를.

부디 천류영이 자신들이 당도할 때까지 살아 있기를.

독고설은 발을 내디뎌 자신이 온 길을 되돌아갔다.

대열의 끝.

폭혈도와 귀혼창이 있었다. 그리고 그 두 사내와 함께 화선부주인 하유도.

천류영의 상태가 위중하거나, 그를 구하기 위해 적들과 싸우다가 발생할 수 있는 부상자들을 고려해 화선부에 도움을 요청했고, 하유가 그 제안을 받아들여 동행하게 된 것이다.

독고설은 걱정스러운 표정으로 하유에게 물었다.

"괜찮나요?"

하유는 가죽신을 벗고 자신의 발을 주무르다가 계면쩍게 웃었다.

"저는 걱정하지 말아요."

그녀는 옆에 앉아서 수통의 물을 마시고 있는 폭혈도를 흘겨보며 말을 이었다.

"어느 지독한 분의 가혹한 수련 지도를 받아서인지, 이 정도의 산행은 별것 아니니까요."

그녀가 이 구조대에 합류하게 된 결정적인 이유였다. 의술 실력도 실력이지만, 강행군에 뒤처지지 않을 정도의 체력이 필요했으니까.

폭혈도가 수통을 요대에 차며 웃었다.

"크허허허! 그럼 당연하지. 이 정도 가지고는 고생이라 할 수도 없지. 그래서야 내 제자라고 할 수 없고말고."

하유가 발끈했다.

"제자는 무슨! 누가 당신의 제자예요?"

화선부는 정파다. 그리고 주변엔 이백여 정파인들이 있었다. 그런데 화선부주가 마교의 무사들에게 무공 지도를 받았다는 말이 나중에 새어 나가게 되면 골치 아픈 일이 발생할 수 있었다.

폭혈도도 자신의 실수를 깨닫고는 어깨를 으쓱거렸다. 때마침 귀혼창이 끼어들었다.

"화선부주, 그런 오해를 받기 싫다면 정파인들과 함께 움직이시오."

귀혼창의 지적에 하유가 찔끔했다. 그의 말마따나 정파인들과 섞여 이동하면 그런 오해는 피할 수 있다. 하지만 오랫동안 정든 탓인지 폭혈도 옆이 편했다.

"저, 저는 이렇게 맨 뒤에서 가는 게 편해요."

귀혼창은 피식 웃고 고개를 돌렸다. 그때, 방야철이 다가와 자신들이 얼마 전에 넘은 산을 뚫어지게 보더니, 폭혈도를 불렀다.

"폭혈도 조장."

폭혈도는 앞에 서 있는 방야철을 보고 의아한 표정을 지었다. 이 사내가 자신에게 처음으로 말을 건넸기 때문이다. 폭혈도는 일어나며 물었다.

"할 말 있소?"

방야철이 손을 들어 검지로 자신이 보고 있는 산을 가리켰다.

폭혈도의 시선이 그 손끝을 쫓았다.

덩달아 독고설과 하유, 그리고 귀혼창도 산을 보았다.

잠깐의 침묵.

방야철이 입을 열어 나직하게 말했다.

"누군가 우리를 따라오고 있는 것 같소."

순간, 폭혈도와 귀혼창의 얼굴이 일그러졌다. 자신들은 어떤 것도 느끼지 못했는데…….

폭혈도가 고개를 갸웃거리며 방야철을 보았다.

"진짜요?"

귀혼창이 말을 받았다.

"이렇게 깊은 산속을 며칠간 이동하다 보면, 아무리 고수라도 착각하기 쉽소."

방야철은 대꾸하지 않았다. 자신도 확신을 갖고 하는 말이 아니기 때문이었다.

그러자 독고설이 풍운을 불렀다. 예전 천마검이 마교주에게 배신당한 용락산에서 보여준, 풍운이 기를 감지하는 능력이 대단한 걸 알기 때문이었다.

폭혈도는 풍운이 다가오는 것을 보며 투덜거렸다.

"있긴 뭐가 있다고."

독고설은 다가온 풍운에게 방야철의 말을 전해 주었다. 그러자 풍운이 묘한 느낌의 한숨을 뱉고는 고개를 끄덕였다.

"맞아요."

그의 말에 주변에 서 있는 이들의 눈이 휘둥그레졌다. 폭혈도와 귀혼창이 누가 먼저랄 것도 없이 인상을 썼다. 하지만 그들은 침묵하며 다시 산을 뚫어지게 보았다.

독고설이 물었다.

"그런데 왜 우리에게 아무 말 안 했어?"

방야철도 재우쳐 물었다.

"아까 내가 물었을 때는 왜 대답하지 않았지?"

풍운은 입술을 깨물며 사람들을 보다가 말했다.

"그냥 잊어버리세요. 상대는 보통 고수가 아닌데, 괜히 정체를 알아내려다 그자가 숨어버리면 괜히 시간만 지체할 게 빤하니까요."

"하지만……."

"그렇게 해요. 나중에 모습을 드러내면, 그때 대처하는 게 속 편해요."

풍운은 더 이상의 질문은 사양한다는 뜻으로 손사래를 치고는 돌아섰다. 방야철이 그를 붙잡으려는데, 독고설이 만류하며 말했다.

"풍운의 말이 옳아요. 이동 시간을 아껴야 해요. 나중에 아주 잠깐의 시간 차로 땅을 치고 후회할 일이 생길지도 모르잖아요."

방야철은 침음을 흘리다가 고개를 끄덕였다.

때마침 선두에 있던 독수 당철현이 자리에서 일어나며 외쳤다.

"자, 다시 힘들 내서 이동하세!"

한편, 폭혈도는 여전히 산을 뚫어지게 노려보다가 귀혼창에게 속삭였다.

"너, 뭔가 느껴지냐?"

귀혼창이 고개를 저었다. 그러자 폭혈도가 씩 미소 지었다.

"흥, 괜한 허풍이구만."

하유가 봇짐을 둘러메며 힐난했다.

"저들이 왜 허풍을 떨겠어요?"

"크흐흐흐, 그야 나에게 기죽지 않았다는 것을 보이기 위한 허세지. 남자들은 그런 게 있어."

"기죽어요? 전혀 그렇게 안 보이는데?"

"크흐흐흐, 그걸 내색하면 지는 거니 못 드러내는 거지."

"하여간 남자들이란."

하유는 고개를 절레절레 흔들며 걸었고, 폭혈도가 뒤따랐다. 하지만 귀혼창은 움직이지 않고 산을 노려보다가 중얼거렸다.

"정말 누군가가 우릴 쫓는 건가?"

천마검이나 섬마검이 그런 주장을 했다면 의심 없이 믿는다. 하지만 정파인이 그리 말하니 폭혈도의 말처럼 승부욕이 생기는 것이다.

폭혈도가 저만치 가다가 고개를 돌려 외쳤다.

"귀혼창, 뭐해? 어서 오라고!"

귀혼창은 움직이며 입술을 잘근잘근 깨물었다.

"정말 추적자가 있더라도 기에 유독 민감한 것일 뿐, 낭왕이나 풍운이 우리보다 강하진 않아."

귀혼창은 이번 임무가 끝나면 풍운과 한 번 승부를 펼쳐 봐야겠다는 결심을 굳혔다. 사실 그는 풍운이 감히 천마검에게 비무 신청을 했고, 실제로 비무를 했다는 얘기를 전해 듣고는 화가 났던 것이다.

더 기분이 나쁜 것은 천마검이 풍운의 실력을 인정했다는 점이었다. 나중에 자신을 능가할 수도 있다고 격려까지 했다고 들었다.

그게 은근히 부러우면서도, 동시에 호승심이 일었다.

귀혼창은 굳은 얼굴로 걷다가 폭혈도가 웃으며 빨리 오라고 손짓하는 것을 보고는 피식 웃었다.

어쩌면 풍운과의 승부는 자신의 차례가 오지 않을지도 모른다. 왜냐하면 저 앞에서 웃고 있는 폭혈도도 풍운이나 낭왕을 바라보는 눈빛에 숨길 수 없는 호승심이 있다는 걸 자신은 잘 알고 있었다.

자신들은…… 어쩔 수 없는 천상 무인들이다. 강자를 보면 피가 끓어 한 번 붙어보고 싶은 뜨거운 무사.

설사 그 대가가 죽음이더라도 상관없었다.

낭왕 방야철이 지목한 산에 있는 어느 나무.

굵직한 나뭇가지에 한 인물이 앉아 있었다. 그는 팔짱을 낀 채 피식 웃더니 말했다.

"설마 이 거리에 있는 나를 간파한 건가? 제법이군."

그가 나무에서 뛰어내리고는 움직였다. 두 시진 전, 독고설 일행이 이동한 길을 따라서.

*　　　　*　　　　*

대규모 군영의 한복판에 자리한 대막사.

그 막사 안에서 마교주 뇌황은 얼굴을 파르르 떨어 댔다. 그의 옆에 있는 마갈은 낮은 신음을 흘리며 교주와 마찬가지로 앞에 서 있는 자들을 보았다.

천하상회에서 보낸 사람들이라고 해서 막사에 들였다. 그런데 막사 안에 들어온 일행 중 한 명은 황당하게도 면식이 있는 인물이었다. 바로 배교주였다.

뇌황은 마갈을 제외한 이들을 서둘러 막사 밖으로 내몰았다. 동시에 기막을 둘러 소리가 새어 나가지 않게 만들었다.

자신이 배교와 손을 잡았다는 것이 외부에 알려지는 것을 막기 위해서였다. 가뜩이나 천마검과 섬마검이 그런 소문을 유포해 의심을 받는 상황인데.

뇌황은 이를 갈며 배교주를 노려보았다.

"네놈이 감히 여기가 어디라고. 제멋대로 연락을 끊을 때는 언제고, 이제 와서……."

뇌황은 분기가 치밀어 말도 제대로 잇지 못했다.

배교주는 소리 없이 웃다가 말했다.

"오랜만이오, 뇌황. 우선 함께 온 사람부터 소개하지. 이쪽은 내 아들인 방우요. 그리고 이쪽은 수석 장로인 마쿠다, 그리고……."

배교주가 특강시 구악을 언급하려는데, 뇌황이 말을 끊었다.

"갈! 닥치고 당장 여기서 꺼져라! 다시 한 번 내 앞에 모습을 드러내면 네 몸을 갈가리 찢어 죽일 테다!"

그 말이 끝나기 무섭게 마갈이 차분한 어조로 입을 열었다.

"교주님, 흥분해서 얻을 건 없습니다. 또한 이미 벌어진 일입니다. 축객령을 내리더라도 얘기는 들어보는 게 낫지 않겠습니까? 저는 배교주가 목숨을 걸고 이곳까지 들어온 이유가 매우 궁금합니다."

마갈의 차분한 어조가 뇌황의 흥분을 어느 정도 누그러뜨렸다. 그제야 뇌황의 눈에 방갓을 쓴 곤륜노가 들어왔다.

방금 배교주가 소개하려던 인물이다.

그런데 뇌황은 그 흑인 호위를 보며 자신도 모르게 눈살을 찌푸렸다.

지독하게 사특한 기운.

그때, 마갈이 배교주에게 질문을 던졌다.

"우선 일방적으로 우리와 연락을 단절한 점에 대해 매우 유감스럽다는 말을 하고 싶습니다."

배교주는 어깨를 으쓱거리며 대꾸했다.

"당시엔 면목이 없었거든. 마교주께서 그렇게 신신당부한 천마검을 놓쳐 버렸으니. 아! 솔직히 말하면, 우린 그가 살아 있다는 것조차 몰랐네. 강시가 된 줄 알았는데,

그것을 화선부주가 빼내서……. 음, 과거 얘기가 쓸데없이 길어지겠군. 그래, 사과하겠네. 연락을 그렇게 끊은 건 우리 잘못이야."

순간, 마갈의 눈에 이채가 스쳤다.

협상에서 가장 중요한 건 먼저 유리한 고지를 점하는 것이다. 그래야 상대로부터 많은 것을 얻어낼 수 있기 때문이다.

그런데 지금 배교주는 자신의 잘못을 인정함으로써 불리한 위치에 서게 된 것이다.

이것이 의미하는 건 명백했다.

그만큼 절박하다는 뜻이다. 어떤 것을 내주더라도 성사시키고 싶은 거래가 있는 것이다.

그것이 과연 뭘까?

마갈은 유리한 고지를 점한 여유로운 낯빛으로 말했다.

"배교주님, 아시겠지만, 배교주께서 이곳에 오래 계셔봐야 좋을 건 없습니다."

"물론, 나도 바로 본론을 말할 생각이네."

배교주는 뇌황을 보며 말을 이었다.

"천마신교의 교주시여, 당신은 패왕의 별을 꿈꾸는 효웅이지 않습니까?"

뇌황은 구악을 보다가 배교주에게 시선을 옮겼다.

"당신답지 않군. 그리 노골적인 아부라니."

그러고는 또다시 구악을 보았다.

저 흑인 호위.

강하다. 말로 형용하기 어려울 만큼 강하다는 느낌이 짙어졌다. 자신의 심후한 내공으로 압박을 가하고 있지만, 전혀 영향을 받지 않았다. 전혀.

배교주는 뇌황이 구악을 바라보는 시선을 뚫어지게 살피며 말했다.

"지금 당신은 승승장구하고 있습니다. 하지만 사육주도 마찬가지입니다. 특히 그들의 수장인 무상은 결코 경시할 수 없는 강자입니다."

"……."

"또한 정파의 저력은 화수분 같아서, 결코 방심할 수 없습니다. 은거하고 있던 정파의 기인이사들이 움직이고 있다는 소문이 있습니다. 어디 그뿐이겠습니까? 천마검도 눈엣가시 같은 존재란 걸 저는 알고 있습니다."

마갈이 피식 웃고는 대꾸했다.

"우리 걱정을 해주러 오신 겁니까?"

배교주가 마갈을 보며 고개를 저었다.

"아니, 물론 뇌황 교주께서 이끄는 천마신교는 앞으로도 잘해 나갈 거라 믿지. 하지만 유비무환이란 말이 있지 않은가."

"유비무환이라면…… 혹여 있을 위기를 우리가 잘 대처

할 수 있도록 뭔가 선물을 주겠다는 말로 들립니다."

"흐흐흐, 역시 마갈이군. 맞네."

"그 선물이 대체 뭡니까?"

배교주가 손으로 구악을 가리켰다.

마갈은 뇌황이 구악을 계속 주시하면서 긴장하고 있는 걸 알고 있기에 흥미가 돋아 물었다.

"그 흑인 호위입니까?"

"특강시네."

그 말이 떨어지기 무섭게 뇌황이 낮게 중얼거렸다.

"어쩐지……."

마갈도 '오호!' 하는 탄성을 흘리고는 구악을 보며 말했다.

"얘기는 들었습니다. 과연 보통 강시와는 다르군요. 강시라는 것을 전혀 몰랐습니다. 그런데…… 빙봉이 이끄는 정파인들에게 당한 특강시 따위가 우리에게 선물이 될 수 있겠습니까?"

"그때 당한 특강시는 초창기 때의 유물이네. 하지만 이 구악은 가장 최근에 완성한, 그야말로 본 교의 모든 것이 집약된 괴물이지."

"괴물이라 하시면 어느 정도?"

"절대고수도 어렵지 않게 죽일 수 있을 거네. 가히 무적의 괴물이지."

마갈은 흠칫 놀랐다가 곧 말도 안 된다는 표정으로 고개를 저었다.

"아무리 그래봤자 강시일 뿐인데……."

그러나 뇌황은 반대로 고개를 끄덕이며 입을 열었다.

"저 구악이란 놈을 나에게 주겠다?"

호의적으로 변한 어투.

마갈은 당황스러운 표정으로 뇌황을 보다가 속으로 고소를 삼켰다. 배교주의 말이 사실이라면, 뇌황은 이 제안을 받아들일 수밖에 없다.

왜냐하면 천마검이나 십천백지의 천존 같은 절대고수들에게 호승심보다는 두려움을 더 느끼고 있기 때문이었다.

자신들은 얼마 전 십천백지의 두 천존을 죽였다.

그러나 그건 뇌황이 거둔 성과가 아니라 마교의 일백여 장로들과 함께 만들어낸 합작품이었다. 또한 그 과정 중에 장로를 무려 서른 명이나 잃었다.

사육주가 대부분의 전력을 보전한 것에 비하면 뼈아픈 손실이다.

그런 이유로 뇌황은 절대고수의 초입에 들어섰으나, 스스로 더 강해지길 간절히 바라고 있었다. 하지만 그것은 빠른 시일 내에 이룰 수 있는 일이 아니다. 그런데 절대고수를 어렵지 않게 죽일 수 있는 특강시를 노예로 부릴 수 있다면?

욕심이 안 날 수가 없다.

물론 구악이 강시인 것이 들통 나면 상황이 꼬일 수도 있다. 하지만 잘 관리한다면, 숨겨진 비장의 패로 활용할 수 있는 것이다.

뇌황이 말했다.

"특강시의 실력을 확인해 봐야겠군."

배교주가 씩 웃었다.

"물론 그러셔야지요."

"좋아. 그건 곧 따로 나가서 확인하기로 하고, 이 선물을 주는 대가로 얻고 싶은 건?"

"사육주의 무상과 문상을 잡고 싶습니다."

"……!"

"계획은 다 세워놨습니다. 도와주시겠습니까?"

뇌황과 마갈이 서로를 마주 보았다.

생각지도 못한 제안이다. 그리고 그 제안은 자신들에게도 매우 흡족한 것이었다. 왜냐하면 결국 자신들도 사육주와 충돌해야 하니까.

물론 자신들은 이미 천마검과 얘기를 끝내놓은 상태다. 그렇게 천마검과 무상, 둘 중 하나를 제거할 계획이었다.

그런데 무상이 천마검을 이긴다면?

만약의 경우를 대비한 보험은 많을수록 좋다. 그것이 자신들의 수고나 손해가 전혀 없는 경우라면 더욱 그렇다.

뇌황과 마갈의 입꼬리가 올라갔다. 마갈이 고개를 끄덕이며 입을 열었다.

"그동안 섭섭한 것을 푸는, 아주 좋은 거래가 되겠군요."

3

섬마검 관태랑은 보고 있던 서류에서 눈을 떼고는 맞은편에 자리한 모용린을 보았다.

얼굴에 피로가 덕지덕지 묻어 있는 안색이었다. 관태랑은 고소를 삼키며 입을 열었다.

"빙봉."

모용린은 서류에 코를 박은 채 손가락으로 탁자를 더듬어 찻잔을 찾으며 대꾸했다.

"말하세요."

그녀는 찻잔을 잡고는 고개를 들어 관태랑을 마주 보았다.

"배교와 관련한 회의는 여기에서 끝냅시다."

모용린의 눈동자가 일시 흔들렸다. 그녀는 잠시 침묵하다가 입을 열었다.

"무슨 뜻인지 알겠어요. 배교 문제도 급하지만, 당장 발등에 떨어진 일부터 해결하는 것이 옳긴 하죠."

이곳으로 쳐들어오고 있는 사육주에 관해 의견을 나눌 때가 된 것이다.

사실 그녀는 사파와 상대하게 될 자신들의 계책을 천마검과 섬마검에게 모두 밝히는 것이 매우 꺼려졌다.

하지만 천마검이 힘을 보태주기로 한 이상 더 미룰 수도 없었다. 애초에 천마검을 전력에서 제외시킬 것이 아니라면 믿어야 했다.

관태랑이 식은 찻잔을 들며 등을 의자에 기댔다.

"화가 나시오?"

철천지원수라고 여기던 마교도의 도움을 받아야 하는 그녀의 처지에 대한 질문이다.

모용린은 관태랑을 뚫어지게 바라보다가 고개를 끄덕였다.

"그래요."

"이번 작전명은 오월동주요. 우린 공동의 목적을 달성하기 위해 한시적으로 힘을 합치기로 한 것. 자괴감 같은 건 버리는 게 나을 거요."

"……."

"감정은 버리시오. 이건 일이오."

"알아요."

"좋소. 그럼 나는 대종사를 모셔오겠소."

관태랑이 자리에서 일어나 문을 향해 걸었다. 모용린은

그를 향해 말했다.

"돌아올 때 따뜻한 차 좀 부탁해요."

순간, 말을 꺼낸 모용린뿐만 아니라 관태랑도 눈을 동그랗게 뜨며 당황한 표정을 지었다.

우리가 그런 소소한 부탁을 할 정도로 친했나?

모용린이 일어나며 곧바로 자신의 말을 취소했다.

"아, 아니에요. 제가 가져오죠. 미안해요."

관태랑이 피식 웃고는 대꾸했다.

"아니, 어차피 나가는 길이니 내가 시녀에게 부탁해 두겠소."

"……."

"한 가지 조언을 해도 되겠소?"

모용린이 다시 자리에 앉고는 말했다.

"방금도 했잖아요. 이건 일이니 감정을 버리라고."

"아, 그렇군."

"좋아요. 천마검의 벗이자 책사인 천랑대주의 조언을 무시할 수는 없죠. 무슨 조언인데요?"

관태랑은 그녀의 피곤해 보이는 얼굴을 물끄러미 보다가 말했다.

"가장 집중해야 할 한 가지만 생각하는 게 좋을 것 같소."

"……."

"천하의 정세 걱정, 무림서생과 그를 구하러 간 동료들 걱정, 배교에 대한 걱정, 사육주의 전력과 이곳 전력에 관한 걱정, 천마검과 나를 어디까지 믿어야 하느냐는 걱정과……."

모용린이 경청하다가 고개를 저으며 손사래를 쳤다.

"그만, 그만요. 대체 얼마나 줄줄이 늘어놓을 셈이죠?"

"아직도 한참 남았지만, 똑똑하다는 빙봉이니 그만하겠소."

"……."

"계속 그런 식이면 당신 몸이 버티지 못할 거요."

"……."

"당신을 바라보고 있는 분타의 삼천 수하를 생각하시오. 다른 사람은 몰라도 당신은 밝고 당당해야 하오. 그런데 당신의 안색이 지금처럼 그렇게 암울하다면, 수하들도 부정적인 생각을 할 수밖에 없소. 그리고 그건 사기와 직결되오."

"……."

관태랑이 문을 열고 밖으로 발을 내디디려는데 모용린이 말을 건넸다.

"당신은…… 왜 하필 마교도일까요?"

관태랑이 눈살을 찌푸리며 동작을 멈췄다. 그러고는 다시 고개를 돌려 자신을 빤히 보는 모용린을 마주했다.

"폭혈도 조장이 그런 말을 매우 싫어하오. 오만한 정파의 선입견, 편견. 나는 척박한 대지에 있는 천마신교에서 태어나 자랐을 뿐이오. 그건 내가 선택할 수 있는 게 아니오. 그리고 당신은 풍요로운 중원의, 그것도 전성기를 구가하는 정파의 명문세가에서 태어났지. 그런데 출생과 지역, 소속을 기준 삼아 당신의 잣대로 평가하는 것은 심히 모욕스럽소."

말을 마친 관태랑이 미간을 찌푸렸다. 모용린이 빙그레 웃고 있기 때문이었다. 소문 속의 그녀는 미소를 보기 힘든 아주 차가운 여인이었다.

그녀가 미소로 말했다.

"너무 나가셨군요. 당신이 왜 마교도냐는 질문, 나는 그런 뜻으로 말한 게 아녔어요."

"……?"

"예전의 나였다면 그런 의도였겠지만…… 어쨌든 내 질문의 진짜 의도는 이거예요. 당신이 마교도가 아니라 이쪽 사람이었다면…… 그럼 왠지 우리는 아주 좋은 친구가 됐을 거란 생각이 들었어요. 단지 그게 아쉬워서 한 푸념이에요."

"……."

"천마신교를 비하할 생각은 없었는데, 그렇게 들렸다면 사과하죠."

"……."

"언젠가 우리…… 서로 죽이기 위해 칼을 들 날이 오겠죠? 속해 있는 공동체의 가치와 꿈이 충돌하니, 어쩔 수 없는 일이고. 그래도 이거 하나는 알아요. 당신…… 좋은 사람이에요."

관태랑은 피식 웃고 말을 받았다.

"나 역시 사과하겠소. 당신 질문의 의도도 제대로 파악하지 못하고 선입견과 편견으로 질타한 점."

모용린이 어깨를 으쓱했다.

"기꺼이 받아들이죠."

이각 후.

백운회와 관태랑, 그리고 모용린이 원탁에 마주했다.

모용린은 독고설에게 전해 들은, 예전에 천류영이 미리 세워둔 책략을 설명했다.

그녀는 일일이 지도를 가리키며 설명을 끝내고 두 사내를 보며 물었다.

"어떤가요?"

관태랑이 먼저 의견을 제시했다.

"좋군요. 아니, 훌륭하오. 무상을 부대와 떨어지게 한다라……."

천류영은 무상 손거문을 풍운과 낭왕이 상대하게 할 생

각이었다.

우선 풍운과 낭왕은 일부러 밀리는 척하면서 무상을 끌어들인다. 그리고 독수 당철현이 이끄는 부대가 무상과 사파의 연결 고리를 끊는다.

물론 문상 야월화가 그에 맞서 반격할 것이 자명했다. 그에 대한 대비책으로 천류영은 오백여 명으로 구성된 별동대를 우회시켜 뒤에서 기습할 생각이었다.

그들의 목적은 문상 야월화.

그녀가 차분하게 전투를 지휘하지 못하게 방해할 뿐만 아니라, 이 소식을 들을 무상의 평정심을 깨기 위함이었다.

관태랑이 차분하게 말을 이었다.

"훌륭한 책략인 건 맞지만, 몇 가지 문제가 있소. 우선 풍운과 낭왕이 무상을 상대로 어떤 결과를 낼지 모른다는 점이오. 두 번째로 당문의 독수가 사육주 부대의 허리를 정말 끊을 수 있느냐는 점. 그리고 세 번째! 문상 야월화를 향한 기습을 상대가 먼저 간파하게 될 경우, 각개격파 당할 위험성이오. 그녀는 분타 주변에 대한 정찰을 게을리 하지 않을 것이오. 마지막으로 이 책략은 전력이 엇비슷하게 맞춰져 계획되었소. 지금처럼 상대의 전력이 세 배인 경우는 의미가 없소."

모용린이 고개를 끄덕이며 답했다.

"그럼 이제 보충 설명을 해야겠군요."

"……?"

"첫 번째, 무림서생도 그랬지만, 저 역시 풍운과 낭왕을 믿어요."

관태랑은 차를 홀짝이고는 쓴웃음을 깨물었다.

"하긴, 무상을 상대하지 못한다는 가정을 세운다면 이모든 게 의미 없겠지. 그리고 이제 그 역할은 우리 대종사께서 하실 테고. 그러니 그 부분은 넘어갑시다."

"두 번째, 당문세가가 선봉이 된 부대는 사파의 허리를 끊을 수 있어요. 그들은 독과 암기의 명수들. 사육주는 어느 정도의 혼란은 피할 수 없을 거예요. 설사 적의 허리를 끊지 못한다 해도 적의 대오를 일시 흩트리는 건 충분히 가능하다고 생각해요."

독수 당철현도 천류영을 구하러 떠났다. 하지만 그와 함께 온 당문세가의 이백 정예는 절강 분타에 남아 있었다.

관태랑은 미심쩍다는 표정을 지었다. 왜냐하면 상대도 이곳에 당문이 있다는 것을 알고 있다. 그러니 독에 대비해 만반의 준비를 할 것이다.

모용린이 눈을 빛내며 설명을 덧붙였다.

"무림서생이 당문세가에서 뇌악천 소교주를 몰아냈던 것을 기억하시죠?"

"……?"

"비슷한 책략을 쓸 거예요. 그들이 듣도 보도 못한 독을 쓰는 거죠."

관태랑뿐만 아니라 침묵하고 있던 백운회의 눈도 반짝였다. 백운회가 물었다.

"당문이…… 새로운 독을 제조해 냈나?"

그 질문을 끝내자마자 백운회가 웃음을 터트렸다.

"하하하, 아니군. 당문 혈겁 때와 비슷한 방법이라면? 하하하, 역시 천류영이야."

모용린이 엷게 미소 짓고 답했다.

"예. 독을 뿌리면서 그들이 처음 듣는 독 이름을 고래고래 외칠 거예요."

관태랑이 신음을 흘리다가 절레절레 고개를 저었다.

"과연…… 그럼 해독약을 준비 못한 독이라 판단하고 혼란에 빠질 수밖에 없겠군. 맞소. 당문의 명성이라면 충분히 먹힐 것이오."

관태랑이 백운회를 보자 백운회가 고개를 끄덕였다.

"그래. 시간을 오래 끌긴 어렵겠지만, 일시라도 허리를 끊는 건 가능하겠어."

모용린은 피곤한지 손으로 뒷목을 주무르다가 입을 열었다.

"세 번째, 야월화를 기습하는 문제와 전력의 불균형 문제를 동시에 얘기하죠."

"⋯⋯."

"야월화는 뒤에서 그녀 자신을 노릴 우리 쪽 무사들을 간파하지 못할 거예요."

관태랑이 반박했다.

"너무 안이한 것 아니오? 내 장담하건대, 야월화는 이 주변 민초들 속에 세작을 심어놓고 부대 이동을 세심하게 살필 거요."

모용린은 말없이 검지로 원탁에 펼쳐져 있는 지도의 세 곳을 연이어 가리켰다.

관태랑은 그녀가 찍는 곳의 지명을 말하며 고개를 갸웃거렸다.

"간석, 동주, 추원. 이곳들이 뭐요?"

모용린이 답했다.

"진산표국의 분타."

"⋯⋯!"

"무림서생은 자신의 명성을 듣고 찾아오는 수많은 정파인이나 낭인들 중 실력 있고 믿을 수 있는 자들을 선별했어요. 그가 북방으로 떠난 다음엔 검봉이 그 역할을 대신했죠."

"⋯⋯."

"그리고 대외적으로는 그들을 수용할 여건이 부족하다

면서 내쳤어요."

관태랑이 신음을 흘리며 중얼거리듯이 말했다.

"그들을 표사로 위장 취업시켰군."

"그래요. 표사가 너무 늘어나면 곤란하니 쟁자수로도
꽤 넣었죠."

관태랑이 고개를 주억거리며 말을 받았다.

"그리고 사육주와 맞붙게 될 전장의 후방 쪽으로 표행
을 잡고 이동할 것이고…… 결국 그들은 야월화를 표적으
로 사육주의 후방에 침투한다라……."

"맞아요."

관태랑은 기가 막힌다는 표정으로 낮게 웃다가 백운회
를 향해 말했다.

"야월화라도 이건 눈치 채지 못할 가능성이 큽니다. 오
랜 시간에 걸쳐 철저하게 위장했으니……."

모용린은 목이 타는지 차를 한 번에 다 비우고는 말했
다.

"그리고 전력의 불균형 문제는, 사실 이 부분은 문제가
있어요. 진산표국처럼 숨겨둔 세력과, 이번에 남궁세가와
몇몇 문파에서 도와주러 오는 세력을 합해도 사육주에 비
해 많이 부족해요."

"……."

"그래서 무림서생은 아군의 전력을 늘이는 작전을 시행

하는 동시에 상대를 분열시킬 방법을 고려하고 있었어요."

백운회와 관태랑의 눈동자가 동시에 흔들렸다. 관태랑이 물었다.

"사파의 분열?"

"예. 녹림십팔채."

"⋯⋯!"

"무림서생은 녹림십팔채의 고위직에 간자를 심어두었어요."

"하!"

"음⋯⋯."

관태랑은 탄성을, 백운회는 신음을 뱉었다.

관태랑은 불신의 기색으로 혀를 내둘렀다.

"녹림까지⋯⋯. 무림서생, 그자가 무림에 들어온 지 얼마나 됐다고 거기까지 손을 뻗쳤단 말이오? 이건 정말이지, 당최⋯⋯."

관태랑은 연신 고개를 저었다.

천류영이 대단한 인물이라는 건 익히 들어 알고 있었지만, 이렇게 그의 주도면밀한 책략을 보고 있자니 황당할 지경이었다.

나중에 이자와 전장에서 붙게 된다면?

그 생각만으로도 벌써부터 머리가 지끈거렸다.

모용린은 어깨를 으쓱거렸다. 자신도 검봉 독고설에게 들으면서 얼마나 많이 놀랐던가!

하지만 지금은 천류영을 칭찬하는 말에 그녀 자신도 덩달아 대단해진 것 같은 기분이 들었다. 하지만 이내 그녀의 얼굴이 어두워졌다.

"문제는…… 무림서생이 이곳에 있다면 녹림을 흔들 수 있을 텐데, 그러지 못하니 사실상 불가능하게 된 거죠. 그 간자는 무림서생이 죽었다고 믿고 있을 테니까요."

관태랑은 모용린의 어두워진 낯빛을 보고 말했다.

"그래도 이 전술을 보니 승산이 훨씬 높아진 느낌이 드오."

"……."

"무엇보다 사육주의 핵심은 무상 손거문. 우리 대종사가 그를 제압하면 사육주의 사기는 땅에 떨어질 테니, 생각보다는 어려운 승부가 아닐 수도 있소."

모용린이 고개를 끄덕이며 백운회를 보았다.

"천마검, 자신 있는 거죠? 무상은…… 강해요. 그는 작년에 사신지경이라는, 전례가 없는 경지에 올랐다는 얘기가 있어요."

관태랑은 미소로 대신 대꾸했다.

"우리 대종사보다 강한 사람은 세상에 없습니다."

그의 확고한 믿음이었다. 애초에 그런 믿음이 없었다면

천마검을 무림맹 총타 기습에 보내지도 않았을 것이다.

백운회는 엷은 미소를 머금으며 무상 손거문과 만난 때를 떠올렸다.

고작 팔씨름으로 끝났지만, 확실히 느꼈다.

태어나 한 번도 만난 적 없고, 앞으로도 만나기 어려운 강자라는 것을.

그렇기 때문에 지금껏 있었던 그 어떤 대결보다 가장 어려운 승부가 될 수도 있다는 직감을 하고 있었다.

백운회는 품속에서 인피면구를 꺼냈다.

그건 예전 항주에서 천류영과 함께 무명 대협으로 활약하던 때 쓰던 가면이었다.

그가 말했다.

"세상은 보게 될 거야, 전혀 알려지지 않은 무명이라는 사내가 정파의 선두에서 무상 손거문을 꺾는 걸."

관태랑이 미소로 답했다.

"그리고 대종사께서 패왕의 별이 되는 날, 그 무명 대협이 바로 천마검이었다는 사실도 세상이 알게 될 겁니다."

관태랑이 모용린을 쳐다보며 동의를 구했다. 모용린은 정색을 하고 말을 받았다.

"천마검이 패왕의 별이 되는 것에 대해 동의할 수는 없지만, 그런 날이 정말 온다면 제가 증인이 되어드리죠. 하

지만 그러기 위해서라도 무상을 꼭 꺾어주셔야 해요. 그
럴 일은 없겠고, 또한 없어야겠지만, 만약 당신이 허무하
게 무상에게 당한다면 모든 게 끝장이니까."

관태랑이 모용린을 향해 물었다.

"그런데…… 우리 대종사가 처음엔 무상에게 밀려야 하
오?"

모용린은 백운회의 지독한 자신감과 관태랑의 무한한
신뢰에 결국 웃고 말았다.

4

"아아……."

독고설을 비롯한 정파인들이 탄식했다.

천신만고 끝에 당도한 유풍곡.

그곳에 있는 사람들은 사이비 종교를 믿는 자들이었다.

독고설은 금방이라도 터져 나올 것 같은 울음을 참았
다. 자신이 강하게 주장해서 첫 번째로 고른 유풍곡.

이곳으로 오느라 허비한 시간들. 만약 그 시간 때문에
천류영을 잃게 된다면 죽어도 자기 자신을 용서하지 못할
것이리라.

동시에 자신 때문에 헛고생한 동료들에게 얼굴을 들 수
가 없어서 괴로웠다. 낭왕이 그녀의 어깨를 가볍게 두드

리고는 위로했다.

"검봉, 당신 탓이 아니오. 모두가 유풍곡이 유력하다는데 동의했어."

그는 길잡이 청년에게 고개를 돌려 말을 이었다.

"이제 일월대(日月帶)라는 곳으로 갑시다."

기진맥진한 상태의 청년은 하루, 아니, 반나절만이라도 이곳에서 제대로 쉬고 가자는 말을 하고 싶었다. 그 말이 혀끝까지 나왔지만, 결국 다시 삼키고 말았다.

자신을 바라보는 이들의 표정. 금방까지 맥이 풀려 있던 그들의 눈빛이 다시 활활 타오르고 있었다.

"휴우우, 알겠습니다."

그가 바위에 주저앉아 있다가 일어나는데, 방야철이 다가왔다.

"고생이 심한 것 아오. 하지만 촌각을 다투는 일이란 것을 명심해 주시오."

"예예, 잘 알고 있습니다. 너무 많이 들어 귀에 딱지가 내려앉을 지경입니다."

방야철이 뒤돌아서 그 청년 앞에 앉았다. 그러고는 양팔을 뒤로 벌렸다. 길잡이는 눈을 휘둥그레 뜨고 말했다.

"서, 설마……."

"이동 속도를 더 높일 필요가 있소. 내 등에 업히시오."

"……."

"길만 알려주시오."

길잡이는 멍한 얼굴로 있다가 거절하려고 했다. 자신이 무슨 애도 아니고. 그리고 감히 낭왕의 등에 업히다니!

그러나 방야철의 비장한 표정을 보고는 침을 삼켰다.

이 사람.

처음 봤을 때부터 느꼈지만, 분위기가 심상치 않았다. 이번 일에 진짜로 목숨을 걸고 있었다.

결국 그는 낭왕의 등에 업혔다.

독고설이 물었다.

"어느 쪽으로 가면 되죠?"

"북쪽으로……."

"얼마나 걸릴까요?"

"지금까지처럼 이동한다면 나흘에……."

방야철이 그의 말을 끊었다.

"이틀, 이틀 내에 주파한다."

방야철은 사람들에게 눈빛으로 동의를 구했다. 지치고 피곤한 건 알지만, 속도를 배로 끌어 올릴 필요성에 대해서.

모두가 입술을 깨물고 고개를 끄덕였다. 그러자 폭혈도가 입을 열었다.

"나도 천 공자를 구하고 싶고, 또 다들 심각한 거는 아는데, 이 말은 꼭 해야겠소."

중인의 시선이 폭혈도에게 쏠렸다.

"늦지 않게 도착하는 것만큼 중요한 걸 잊고 있는 거 아니오? 천 공자를 구출하기 위해서라면 우리의 몸 상태도 최선이어야 한다는 것을. 고생은 고생대로 하고 일월대에 도착한 다음, 천 공자 앞에서 우리가 기진맥진해 죽는 꼴을 보일 순 없잖소?"

방야철이 어금니를 꽉 물고 잠깐 침묵하다가 말했다.

"그렇다고 지금처럼 이동한다간 정신이 먼저 무너질 것이오."

유풍곡으로 오느라 허비한 시간을 안타까워하며 괴로워할 거란 얘기다. 그럴 바엔 차라리 뚜렷한 목표를 가지고 빨리 이동하는 것이 낫다.

폭혈도가 고개를 끄덕이며 말을 받았다.

"낭왕의 말도 일리가 있다는 건 아오. 하지만……."

독수 당철현이 나섰다.

"일월대까지 이틀 안에 돌파하지. 대신 지척에서 세 시진 휴식을 취하도록 하면 어떻겠나?"

절충안이다.

물론 세 시진의 휴식 가지고 풀릴 피로는 아니다. 하지만 그 절충안이 최선이라는 생각을 모두가 했다.

사람들이 찬성의 표정으로 고개를 끄덕이는 가운데 폭혈도도 동의했다.

"그렇게 하죠."

다시 이백여 무리가 빠르게 이동을 시작했다.

다음 날.

일존이 휘하 십지를 대동하고 일월대에 들어섰다.

그곳은 십만대산의 봉우리 중 일월봉이라 불리는 산 앞에 펼쳐져 있는, 사방 백여 장 너비의 분지였다.

약 삼백여 청년들이 구슬땀을 흘리며 수련을 하고 있다가 일존을 보고 당황하는 모습을 보였다.

그 청년들은 취존의 개인 부대인 동시에 차기 십지를 노리고 수련하는 무사들이었다.

청년들 중 한 명이 고개를 숙이며 외쳤다.

"일존을 뵙습니다!"

그의 고함을 시작으로 남은 이들이 한쪽 무릎을 꿇으며 동시에 외쳤다.

"일존을 뵙습니다!"

그들의 고함이 쩌렁쩌렁 울리며 퍼져나갔다.

일존은 뒷짐을 진 채 고개를 끄덕이며 걸었고, 십지들이 뒤를 따랐다.

일월봉으로 올라가는 자리에 세워진 세 개의 전각 중

가운데에서 한 노인이 헐레벌떡 뛰어나왔다.

그를 보며 일존이 한 손을 들었다.

"연 집사, 오랜만이군."

연 집사라 불린 노인이 일존을 보며 허리를 깊게 숙였다 펴고는 물었다.

"일, 일존께서 이곳까지는 무슨 일로?"

연 집사의 얼굴엔 긴장이 흘렀다. 지금 일존은 취존과 함께 북상하고 있어야 한다. 그런데 왜 이곳에 방문한 것일까?

일존은 의아한 얼굴로 반문했다.

"응? 취존이 미리 연통을 넣어둔다고 했는데?"

"예? 그런 연락은 받지 못했는데……."

"그래? 전서구가 도중에 매에게 잡아먹혔나 보군."

"……."

"뭐, 그건 그렇고 말이지. 후후후."

일존은 능글맞은 웃음을 흘리며 집사를 뒤로하고 걸었다. 집사가 황급히 일존의 뒤에 따라붙었다.

"무슨 일로 오신 것인지 알려주시면 제가 처리를 해드리겠습니다."

"하하하, 별거 아니야. 취존이 어찌나 무림서생에 대해 자랑을 하는지."

연 집사의 눈동자가 흔들렸다.

"예?"

"아주 명석한 책사를 얻었다며 자랑하더군. 그래서 나더러 궁금한 것이 있으면 무림서생에게 물어보라고 해서……."

연 집사는 단박에 일존이 거짓말을 하고 있다는 걸 간파했다. 하지만 일존의 괴팍한 성격을 아는데 감히 딴죽을 걸 수는 없는 노릇이었다.

취존이 없는 상황에서는 더더욱 그렇다.

연 집사는 어찌 대꾸를 해야 할지 몰라서 곤혹스러웠다. 취존이 없을 때 일존이 방문한 것은 처음이기에 더욱 그랬다.

일존은 문턱을 넘으며 고개를 돌려 연 집사를 보았다.

"무림서생이란 놈은 어디에 있나? 내가 아주 궁금한 것이 있어서 먼 길을 쉬지도 않고 달려왔어."

"그게……."

"하하하, 극진히 대접하고 있다던데……. 설마 대낮부터 미녀들 품에 안겨 있는 건 아니겠지?"

"……."

"아니면 식사라도 하고 있나?"

연 집사가 어쩔 줄 몰라 하며 침묵하자 일존의 미간에 금이 갔다.

"이봐, 연 집사."

"예, 예. 일존님."

"지금 나를 무시하는 겐가?"

연 집사는 눈을 화등잔만 하게 뜨며 고개를 세차게 저었다.

"제가 어찌 감히."

"그런데 왜 나만 주절대고 너는 듣고만 있지? 내가 이 정도로 말했으면 당장 그 무림서생이란 놈을 데리고 와야 할 것 아니야?"

"그게……."

"밥을 처먹고 있든, 여인과 뒹굴고 있든 당장 내 앞에 데리고 오라고! 아니, 내가 가지. 그 녀석, 어디에 있나?"

연 집사는 한차례 크게 심호흡을 했다.

취존과 휘하 십지가 없는 상황에서 일존이 온 것이다. 이런 상황이라면 취존께서도 이해하실 것이다.

일존처럼 꽉 막힌 분은 아니니까.

연 집사가 결심을 굳히고 말했다.

"그에게 안내하겠습니다. 저를 따라오시지요."

일존이 콧방귀를 뀌며 대꾸했다.

"흥, 진작 그렇게 나왔어야지."

산 중턱에 세워진 건물의 지하 고문실.

그 고문실 앞에서 일존은 어처구니없는 표정을 지었다.

그는 옆에 서 있는 연 집사를 보며 물었다.

"지금 이 고문실 안에서 무림서생이 고문을 받고 있다고?"

"예, 그렇습니다."

"왜?"

"……."

"왜냐고 묻잖아!"

퍽!

일존의 발길질에 연 집사가 뒤로 나동그라졌다. 하지만 곧바로 일존 앞에 부복했다.

"놈이…… 그러니까 무림서생이 취존께 굴복하지 않아서 그렇습니다."

일존의 눈에 이채가 스쳤다.

"그 녀석이 취존의 밑에 들어가기 싫다고 고집을 부린다고?"

"그렇습니다."

"녀석을 잡은 지가 언젠데…… 지금까지 고문을 받으면서도 굴복을 하지 않았다고?"

"예."

"하, 하하하, 이거야 원."

일존은 어이없다는 얼굴로 웃다가 발로 고문실의 석문을 걷어찼다.

콰아아앙!

두꺼운 석문이 그대로 박살났다.

안에서 천류영을 고문하고 있던 벙어리이자 귀머거리인 고문 기술자가 화들짝 놀라며 뒤를 돌아봤다.

부서진 석문의 파편이 그의 등을 때린 것이다.

연 집사가 손짓으로 물러나라는 시늉을 하자 고문 기술자가 황급히 구석으로 이동했다.

일존은 아연한 얼굴로 벽에 매달려 있는 천류영을 보았다.

마치 푸줏간의 고깃덩어리처럼 보였다.

피투성이인 그의 몸에 수십여 개의 장침이 박혀 있었다. 얼마나 인두로 지졌는지, 몸뚱어리에 화상 자국이 가득했다.

일존은 한차례 목을 돌리고는 천류영 앞에 서서 물었다.

"네놈, 뭐냐? 무림서생이 맞느냐?"

천류영은 감고 있던 눈을 떴다. 고통으로 바르르 떨리는 몸.

그의 눈에 일존이 들어왔다.

일존이 다시 소리쳐 물었다.

"내가 물었다. 네놈, 무림서생 맞느냐?"

천류영은 잠시 말없이 일존을 바라보았다. 연 집사가

일존 곁에서 조심스럽게 입을 열었다.

"제정신이 아니라 대답은 무리일 겁니다."

그와 동시에 천류영의 입술이 열렸다.

"일존이시군요."

연 집사가 황당한 표정으로 눈살을 찌푸렸고, 일존은 고개를 끄덕이며 흥미롭다는 기색을 보였다.

"날 아나?"

"읍참마속."

"응?"

"쿨럭쿨럭, 결국 취존이 그 하책을 쓰기로 한 것 아닙니까?"

"……?"

"동료를 죽이는 하책을 일존께 얘기했고, 그래서 일존께서는…… 쿨럭쿨럭, 기가 막혀서 그런 제안을 한 저를 죽이러 오신 게지요."

일존은 잠시 침묵하다가 물었다. 어느새 천류영을 죽이려는 살기는 사라진 상태로. 대신 호기심이 그 자리에 들어섰다.

"읍참마속이 하책이라고?"

천류영이 낮게 웃었다.

"후후후, 취존은 역시 일존께 상책을 말하지 않은 거군요."

"……."

"조심하십시오. 그자는 당신을 죽일 겁니다."

연 집사가 황망함과 분노로 빽! 소리를 질렀다.

"감히 네놈이 그분을 모함하다니!"

퍼억!

일존의 주먹이 연 집사의 얼굴을 강타했다.

일존은 그렇게 뻗은 팔을 회수하지 않고 천류영을 보며 씩 웃었다.

"우린 대화가 필요할 것 같군."

천류영이 피로 인해 붉은 미소를 보였다.

"동감입니다."

*　　　　*　　　　*

어둑어둑한 밤.

이제 눈앞에 봉우리만 넘으면 일월봉이 나타난다. 그리고 그 아래에 자리한 일월대.

독고설을 비롯한 천류영 구출대는 격한 숨을 몰아쉬었다.

많은 이들의 눈빛이 형형하게 빛났다.

방야철은 봉우리를 올려다보며 주먹을 움켜쥐었다.

당장에라도 저곳을 넘어 한달음에 쳐들어가고 싶었다.

그러나 지금은 운기행공을 취할 때다. 휴식 없이 움직였다가 천추의 한을 남길 수도 있는 일.

그러면서도 불안했다.

자신들이 이리 머뭇거리는 시간에 천류영에게 무슨 일이 생기는 것은 아닐까?

설마 벌써 잘못된 건 아니겠지?

방야철은 머릿속에 떠오르는 불길한 질문들을 애써 지우며 독고설을 보았다.

독고설도 자신과 같은 생각을 하고 있는지, 주먹을 꼭 쥔 채 떨고 있었다.

방야철과 독고설 사이로 독수가 끼어들었다. 독수는 둘의 어깨를 손으로 꽉 잡으며 말했다.

"여기 있는 모두가 두 사람의 심정과 마찬가지네. 진인사 대천명! 우린 최선을 다했네. 또한 앞으로도 최선을 다하기 위해서, 지금은 휴식을 취해야 하네."

길잡이 청년이 미안한 표정으로 입을 열었다. 그도 그럴 만한 것이, 계속 업혀왔기 때문이다.

"제가 불침번을 서겠습니다."

독수가 말했다.

"부탁하네."

그렇게 모두가 불안이 가득한 마음으로 잠을 취하거나 운기행공에 빠져들었다.

항주의 무림맹 절강 분타.

아침 동이 트고 있었다.

마침내 무상 손거문이 이끄는 사육주와 충돌하게 되는 날이다.

천마검 백운회는 인피면구를 쓴 채 무명 대협이라는 별호로 분타의 정문 근처에 서 있었다.

그는 말없이 분타의 옆에 자리한 서호의 붉어지는 물결을 바라보았다.

피식.

자신도 모르게 웃음이 흘러나왔다.

무상 손거문과는, 그를 처음 본 순간 숙명의 상대라는 것을 직감적으로 알았다.

하지만 정녕 이렇게 정파인들과 힘을 합쳐 싸우게 될 거라고는 상상도 하지 못했다.

분타의 정문이 열리고, 빙봉 모용린이 걸어 나왔다. 그리고 그 옆에는 이틀 전 합류한 남궁세가의 창천룡 남궁수가 자리했다.

번을 서고 있던 이들이 그들을 향해 예를 취했다.

백운회는 그들이 다가오자 먼저 입을 열었다.

"잠은 푹 잤나?"

모용린은 고개를 저으며 쓰게 웃었고, 남궁수는 이곳에서 처음 천마검을 봤을 때처럼 믿기지 않는다는 표정으로 보았다.

모용린이 말했다.

"경계병들에게 얘기해 두었는데, 왜 안 들어오고 여기에 있는 거죠?"

백운회는 담담한 표정으로 손을 들어 호수를, 그리고 떠오르는 태양을 가리켰다.

"아름다워서."

모용린은 그런 대답이 나올 줄은 생각도 못했기에 황당하다는 표정을 짓다가 말했다.

"과연 천마검이군요. 청성산 산문에서 봤을 때, 그때와 똑같아요. 이런 상황에서 그 배포는 정말······."

모용린이 말꼬리를 흐리자 남궁수가 말했다.

"나는 무상이 싸우는 모습을 봤소. 그리고 그는······ 정말 강하오. 천마검, 당신을 좋아하진 않지만······ 부탁드리오. 내 벗이 일군 이 땅을······ 꼭 지켜주시오."

백운회는 묘한 시선으로 남녀를 보았다. 자신이 중원무림의 주요 인물들에 대해 조사하던 시절, 오만과 편견으로 가득하던 녀석들이었다.

그러나 이들은 변했다.

"천류영, 그 녀석…… 참 많은 사람들에게 영향을 주는군."

모용린이 물었다.

"예? 무슨 말이죠?"

"아냐. 혼잣말이니 신경 쓰지 마. 호숫가를 따라 좀 걸을까? 바람도 좋고, 산책하기에 아주 좋은 날이군."

백운회는 '바람이 좋다'라는 부분을 힘주어 말하고는 미소를 머금었다.

'하연, 봐주시오. 오늘 내가 세상에서 가장 강한 사내라는 것을 입증할 테니.'

셋은 호숫가를 걸었다. 하지만 아무도 입을 열지 않았다. 각자의 생각에 빠져서 말없이 붉게 물든 서호의 아름다운 풍경을 보며 걸었다.

이각에 걸친 산책이 끝나고, 그들이 다시 절강 분타의 앞에 당도했다.

분타의 성벽 위에 많은 사람들이 서 있었다.

아마 저들도 불안한 마음에 일찍 일어났을 것이고, 혼자 있기는 초조해 나왔을 것이다.

저렇게 서서 호수의 일출을 보는 이들도 있고, 연무장에 모여 자신의 절기를 점검하는 자들도 있을 것이다. 혹은 병장기를 갈면서 마음가짐을 새롭게 하거나 운기행공을 하는 이들도 있겠지.

백운회가 입을 열었다.

"불안감을 조금 떨쳐 내볼까?"

모용린과 남궁수가 무슨 말인지 영문을 몰라 백운회를 보았다. 백운회가 말했다.

"아무리 전술이 완벽해도 사기가 떨어져 있으면 무용지물이지."

그렇게 말하고는 호수 쪽으로 걸었다. 대체 뭘 하려는지 모르는 모용린과 남궁수가 고개를 갸웃거리다가 눈을 치켜떴다.

철퍽, 철퍽.

그가 호수 위를 걸었다.

그러자 분타의 성벽 위에 있던 이들의 눈이 화등잔만 해지며 웅성거렸다. 몇몇이 소리를 질렀다.

"저, 저길 좀 봐봐!"

차앙!

백운회가 검을 뽑았다.

천하오대명검, 무쌍검.

그 검이 태양을 담아 붉어졌다.

우우우우웅!

내공을 가득 담은 무쌍검이 거칠게 울었다.

그리고 백운회의 칼이 허공을 갈랐다.

그 순간, 모두가 숨을 죽였다.

그의 검이 광활한 호수를 갈랐다.

호수에서 길을 만들고, 그 길 양쪽으로 집채만 한 파도가 퍼져 나갔다.

이내 성벽에서 거대한 함성이 터져 나왔다.

〈『패왕의 별』 3부, 제23권에서 계속〉